Papier fresserchen

Impressum:

Besuchen Sie uns im Internet:
www.papierfresserchen.de

Oberer Schrannenplatz 2, D- 88131 Lindau
info@papierfresserchen.de

Erstauflage 2016

Mitarbeit Fragen zum Buch:
Alexandra Wagner

Lektorat: Redaktions- und Literaturbüro MTM
www.literaturredaktion.de

Druck: bookpress / Polen
Gedruckt in der EU

ISBN: 978-3-86196-585-5

SIENA

DAS LABYRINTH DES MINOTAURUS

Ein Abenteuer von **Markus Niederschick & Michael Schefts**

mit Zeichnungen von **Christina Denham**

I. Herr Zinnober und Sienas Lieblingsspeise

„Das ist so eine Sache mit dem Minotaurus“, sagte Herr Zinnober. Der Maler stand an seiner Staffelei und blickte gedankenverloren aus dem Bullauge. Die Sonne schien nur noch wenige Bananenlängen hoch über dem Horizont. Ein großartiges Schauspiel, das Herr Zinnober oft und gerne hier im südnordwestlichen Mittel-Zentralafrika am Gipfel des Milimandscharo bestaunen durfte.
Mit dem Haarpinsel in der Hand strich er sich über seinen weißen, mit bunten Holzperlen verzierten Bart. Er dachte an die Bibliothek seines Vaters. Damals in Südfrankreich. In Gedanken durchstöberte er wieder die langen Reihen der Bücher. Ein Lächeln erhellte sein faltiges Gesicht, als er plötzlich rief: „Siena, ich hab's!“

Der Maler warf den Pinsel in sein Pinselglas und seine Farbpalette fiel scheppernd neben der Staffelei zu Boden. Sogleich sprang er in Richtung Bücherregal. So aufgeregt hatte das Pinselohrschwein seinen Freund seit dem Abenteuer mit dem berühmten Bildhauer und Maler Michelangelo nicht mehr gesehen.
„Wie jetzt?“, fragte Siena erstaunt. Arme-, Beine- und natürlich Ohrenringend plumpste sie beinahe aus ihrer Hängematte, fand aber wieder Halt. Erwartungsvoll wickelte sie sich fest in ihre buntgemusterte Kuscheldecke. Ihre Pinselohren – das linke mit einem Haarbüschel in

schmaler und spitzer Form versehen, das rechte erinnerte an einen breiten Borstenpinsel – lauschten den Ausführungen von Herrn Zinnober. Währenddessen folgten ihre neugierigen Augen verwundert dem Maler.

Dieser wirbelte auf einer Rollleiter durch die Bibliothek. Ja, er schien zu schweben. Seine grauen, in Form von Rastalocken gepflegten Haare wehten im Fahrtwind. Ebenso sein Malerkittel. Der war schon lange nicht mehr weiß, sondern

an ein eigenwilliges buntes Kunstwerk erinnerte. Ein breites Grinsen strahlte durch seinen dicht bewachsenen Bart. Konzentriert hielt er die Hand über den Augen. Als wäre er der Kapitän eines Schiffes, der Ausschau hält. Ausschau nach den Büchern über die griechische Sagenwelt.
„Achilles bis Laios“, murmelte Herr Zinnober. „Marathon, Midas, Minerva ... Minos ... MINOTAURUS!“ Er zog das Buch aus dem Regal und legte es auf sein Lesepult. Eine große Staubwolke stieg zur Decke auf.
Siena sprudelte heraus: „Was hast du gefunden, was ist es, zeig's mir.“ Sie sprang aufgeregt aus der Hängematte und tänzelte ungeduldig um Herrn Zinnober herum.
Bedächtig schlug Herr Zinnober das schwere, in Leder gebundene Buch auf.
„Glücklicherweise konnte ich damals diese großartigen Bücher mitnehmen ...“, murmelte der Maler vor sich hin. „Nicht auszudenken, wenn sie verloren gegangen wären.“
Gespannt blickte Siena auf die geöffneten Seiten. „Na? Und, was hast du gefunden?“, fragte sie ihren Freund, der bis über beide Ohren in das Buch vertieft war.
„Nun, eben die Sache mit dem Minotaurus. Schau, hier steht's. Der Minotaurus war ein Ungeheuer aus der griechischen Geschichte. Der König von Kreta, König Minos, ließ für ihn ein Gefängnis mit Irrwegen bauen.“ Die Augen von Herrn Zinnober funkelten vor Aufregung.
„Ein Gefängnis?“, fragte Siena verwundert.
„Ja, ein Irrgarten, den man heute noch als *Labyrinth* bezeichnet.“

„Irrgarten? Labyrinth? Wer hat denn solche Ideen?“
„Nun“, fuhr Zinnober ruhig fort, „das muss dann wohl dieser, ah, dieser, dieser Daidalos gewesen sein.“
„Daida... was? Oder ... wer?“ Siena war nun ganz und gar verwirrt.
„Ja, ich sehe schon, dieses Buch gibt uns doch nur wenige Antworten auf deine Fragen. Abgesehen davon, muss man in unserem Saustall erst einmal das richtige Buch finden!“, meinte Herr Zinnober mit einem Augenzwinkern.
„Das mit dem *Saustall* war jetzt gar nicht nett!“, fand Siena und rümpfte ihren Rüssel.
„Stimmt, meine Liebe. Ordnung mag ja das halbe Leben sein, aber die andere Hälfte ist doch auch ohne Ordnung recht lebenswert!“, fand der Maler mit einem breiten Grinsen. „Darf ich dir als Entschuldigung einen frischen Traubensaft anbieten? Ich kann mich erinnern, dass auch die alten Griechen das eine oder andere feine Getränk

aus Trauben kannten. Außerdem sucht es sich doch frisch gestärkt wesentlich leichter."

Die beiden verließen die Bibliothek, um sich in der Küche einen Traubensaft zu holen. In diesem Moment meldete sich Sienas Magen mit einem lauten Knurren. „Da wirst du wohl noch etwas warten müssen", bemerkte Herr Zinnober. „Abgesehen davon, sehe ich gerade, dass wir weder Mangos noch Brotbaumfrüchte haben. Dabei wollte ich heute doch dein Lieblingsessen zaubern!"
„Ge-bra-te-ne Brotbaumfrucht auf gegrillter Mangosoße!" Siena lief das Wasser im Mund zusammen.
Herr Zinnober lächelte. „Du könntest ja den frühen Abend nutzen, um unsere Vorräte etwas aufzufüllen. Ich habe noch zu arbeiten und nach dem Essen lese ich dir dann vom Minotaurus vor, wenn du das magst."
„Natürlich mag ich!", rief Siena entzückt.
„Na dann, du weißt ja, die Brotbaumfrucht findest du an der ostsüdwestlichen Seite des Mili..."
„Ich weiß, ich weiß", rief Siena und noch ehe Herr Zinnober „Malerleinwandölfarbenstaffelei" sagen konnte, war das Pinselohrschwein auf dem Weg und ließ das Flug-Wohn-Schlaf-Koch-Schiff hinter sich.

Schon seit vielen, vielen Jahren bewohnte Herr Zinnober die *Ma Colombe*. Jenes Flugschiff, das er nach seinem Abschied aus Südfrankreich hier am Gipfel des Milimandscharo zu seiner Wohnung umgebaut hatte.

II. Ein alter Freund und ein neues Abenteuer

Zugegeben, der Milimandscharo war kein gewöhnlicher Berg. Knapp 1237 Bananenlängen hoch – die offizielle Längeneinheit hier im südnordwestlichen Mittel-Zentralafrika – erhob sich der frühere Vulkan mitten im endlosen Dschungel. Aus weiter Entfernung wirkte der Berg, nun ja, grün. Also links schon ein bisschen hellgrün, etwas dunkelgrün rechts und in der Mitte so richtig mittelgrün. Ganz oben auf dem Milimandscharo thronte die Behausung von Zinnober und seiner Freundin Siena. Selbst für Ortskundige stellte der Dschungel ein nahezu undurchdringliches Hindernis dar. Nicht so für Siena, die sich mit ihren beiden Körben sicher ihren Weg durch das Dickicht bahnte. Auf der Suche nach der Brotbaumfrucht und frischen Mangos. Siena kannte jeden Winkel auf dem Milimandscharo. So wuchsen Brotbaumfrüchte am besten auf der nordnordsüdlichen Seite des Berges, etwa im oberen Drittel. Genauer gesagt, exakt 879 Bananenlängen vom Fuße des Vulkans.

Und eben dorthin war das Pinselohrschwein unterwegs, als es plötzlich aus dem Grün ihren Namen hörte. „Siena!“, tönte eine helle Stimme aus dem Dickicht. Siena blickte nach links, nach rechts, unten, vorne, hinten, oben und dazwischen.
„Siena!“, klang es noch einmal.
Die Stimme war vertraut, doch wo war ihr Besitzer? „Ach, Nero komm schon! Wo versteckst du dich?“, rief sie in den Dschungel.
„Verstecken? Brauche ich nicht! Mach doch einfach die Augen auf, ich bin direkt ...“
„... über mir!“, grinste Siena, als sie ihren Freund erblickte. Nero hing, wie Fledermäuse das eben tun, ganz entspannt kopfüber an einem Ast. Ein kleines Knäuel, aus dem nur zwei knallgelbe Augen hervorleuchteten. Dabei trug er einen Gehrock, der bei Fledermäusen wohl eher als *Flug-*

rock zu bezeichnen ist. Und selbstverständlich hatte er seine Sonnenbrille dabei. Nero war einer von Sienas engsten Freunden und immer für ein Abenteuer zu haben.

„Na Nero, gut geschlafen?", fragte Siena die Fledermaus. Nero streckte seine Flügel, putzte sich die Augen und schnupperte in den abendlichen Himmel. „Ja!", antwortete er. „Was führt dich denn in den Dschungel? So um diese Zeit?"
„Ich besorge noch ein paar Kleinigkeiten. Herr Zinnober hat versprochen, heute mein Leibgericht zu kochen, und ich brauche noch frische Brot..."
„...baumfrüchte und Mangos! Deliziös!", rief Nero. „Ich helfe dir! Brotbaumfrüchte habe ich erst vor dem Einschla-

fen etwa 73 Bananenlängen nach rechts gesehen und reife Mangos gibt es derzeit im mittleren Drittel.“ Nero ließ sich vom Baum fallen und flatterte vor Siena umher.
„Großartig! Dann brauche ich nicht lange zu suchen und höre früher die Geschichte vom Minotaurus. Das hat mir Herr Zinnober nämlich versprochen ...“
„Minowalnuss?“, unterbrach Nero erstaunt.
„Minotaurus, Nero. Das war jemand bei den alten Griechen. Halb Mensch, halb Stier.“
„Klingt ja spannend! Denkst du, Herr Zinnober hätte noch Platz für zwei weitere Ohren?“ Nero war richtig aufgeregt. Er flatterte wild vor Siena hin und her, auf und ab und natürlich auch dazwischen.

Ein paar Flügelschläge später trafen die beiden Freunde mit ihrer reichen Ernte am Gipfel des Milimandscharo ein. Die Sonne war fast untergegangen.
Herr Zinnober hatte schon alles vorbereitet. Auf dem Oberdeck stand ein altes Fass, das in die Hälfte gesägt worden war und als Grill diente. Das Glühen des Feuers tauchte die Umgebung in ein freundliches, warmes Licht. Auf einem kleinen Tisch neben dem Grill hatte Herr Zinnober schon allerlei Geräte zum Kochen vorbereitet.
„Du kommst gerade rechtzeitig!“, rief dieser, als er Siena sah. „Nur ein paar Handgriffe und der Festschmaus kann beginnen! Übrigens, ich habe mich in der Bibliothek umgesehen und auch das Buch gefunden. Das Buch mit der Geschichte über den ...“

„... Microflausus!“, schallte es von der Spitze des Hauptmastes und ein paar gelb glühende Augen schossen auf Herrn Zinnober zu. Dieser flüchtete unter den Grillgerätetisch und erwiderte überrascht: „Nero, du verrückter Flieger. Dachte ich mir doch, dass Siena Hilfe bei der Ernte hatte. Herzlich willkommen.“
„Willkommen! Willkommen! Willkommen!“, krächzte Nero, der aufgeregt seine Kreise über das Hauptdeck zog. Vorsichtig lugte Herr Zinnober unter dem Tisch hervor. „Im Übrigen, mein Lieber“, sagte der Maler, während er wieder hervorkletterte, „heißt er Minotaurus.“
„Klar, sag ich ja. Minimagnus!“, erklang es hinter dem Maler. Dieser schüttelte nur den Kopf und betrachtete Sienas mitgebrachte Leckereien.

Zuerst landeten die beiden Brotbaumfrüchte im Feuer, schließlich brauchten sie etwas Zeit zum Braten. Zeit, die Siena nutzte, um die frischen Mangos zu schälen und von ihrem Kern zu befreien. Zusammen mit reichlich Zitronensaft verschwanden die schmackhaften Früchte, die fein zerkleinert wurden, in einer tiefen Pfanne.
Wenig später saßen die drei am Esstisch und genossen Sienas Lieblingsspeise. „Umb mach mem Effen ...“, meinte Siena, die bereits nach dem nächsten Bissen Ausschau hielt.
„Siena! Mit vollem Mund ...“
„... brift nan micht!“, unterbrach Nero Herrn Zinnober mit einem Augenzwinkern.
„Und nach dem Essen“, startete sie einen neuen Versuch,

„erzählst du uns die Geschichte vom Minotaurus?"
„Aber klar doch. Was gibt es Besseres, als diesen großartigen Tag mit einer Geschichte ausklingen zu lassen", stellte der Maler fest.
„Großartig!", wiederholte Nero, der mit seinem Teller und seinem Besteck bereits in Richtung Spüle unterwegs war.
„Aber Nero ... ein Nachschlag darf es schon noch sein?!", rief Siena ihm hinterher. „Schließlich ist nicht jeden Tag Lieblingsessenstag ..."

Nachdem Siena und Herr Zinnober den Tisch abgeräumt und die Glut gelöscht hatten, machten sich beide auf den Weg zu Sienas Zimmer. Nero hatte es sich bereits unter einem Balken gemütlich gemacht und blinzelte aufgeregt in

Richtung Herrn Zinnober. Dieser machte es sich in seinem Schaukelstuhl neben Sienas Hängematte gemütlich und begann, in einem dicken Buch zu blättern. Siena hatte ihr buntes Nachthemd angezogen, ihren Rüssel geputzt, die Borsten und Pinsel gebürstet. Satt und ein bisschen müde hüpfte sie in ihre Hängematte.

„Los geht's", murmelte das Pinselohrschwein.

Herr Zinnober begann mit ruhiger Stimme, die Geschichte von Minotaurus vorzulesen. Siena und ihr fliegender Freund lauschten aufmerksam seinen Worten. Der Maler erzählte von einem Ungetüm mit einem Stierkopf auf dem Körper eines Mannes, vom Labyrinth und seiner Gefangenschaft, von König Minos und dem Erfinder Daidalos ...

„... und noch heute erzählen einander die Bewohner der Insel Kreta Geschichten über den sagenumwobenen Schatz im Labyrinth von Minos", beendete Herr Zinnober die Gutenachtgeschichte.

Nero hing ganz ruhig kopfüber vom Balken und Siena streckte sich in ihrer Hängematte. „Ich wünsche euch eine verträumte Nacht, ihr Abenteurer", flüsterte Herr Zinnober, als er aus dem Zimmer ging.

„Abenteuer", erwiderte Siena mit schläfriger Stimme.

„Abenteuer?", klang es von oberhalb. Nero, als Fledermaus in der Nacht putzmunter, flatterte zu ihr. Das kleine Pinselohrschwein öffnete seine verschlafenen Augen.

„Abenteuer?", wisperte Nero ein weiteres Mal.

„Abenteuer!"

Nero wusste, was das bedeutete. Noch ehe er „exzellent"

sagen konnte, war Siena in ihr *Sapperlot-was-werde-ich-diesmal-erleben-Gewand* gehüpft. Ihr Hüftgürtel war mit unzähligen Farbtuben bestückt. Zielsicher schnappte sich Siena ein paar Tuben. Eine rote Tube hier, eine braune dort und dann auch noch eine schwarze.
„Bereit?“, fragte sie Nero.
„Be...be...be...bereiter geht es nicht mehr!“, stotterte die aufgeregte Fledermaus.
Siena öffnete eine Farbtube nach der anderen und tauchte die Pinselohren in die frische Farbe. „Na dann mal los!“, grinste unsere Freundin und begann, auf der weißen Wand ihres Zimmers ein Bild zu malen. Von einem Eck ins andere pinselte Siena mit ihren Ohren. Und bereits nach kurzer Zeit konnte Nero das Bild erkennen. Ganz im Stil von bemalten griechischen Vasen sah er eine Insel im mittleren Mittelmeer. Bevor die Fledermaus Nero das fertige Bild bewundern konnte, verschwanden er und seine malende Freundin mit einem hellen Blitz aus Sienas Zimmer.

Herr Zinnober, der in der Bibliothek seine Bücher einräumte, sah den hellen Schein. „Viel Spaß, ihr Abenteurer!“, rief er. Und wenn man ganz genau zuhörte, konnte man ein Sandkorn fallen hören.

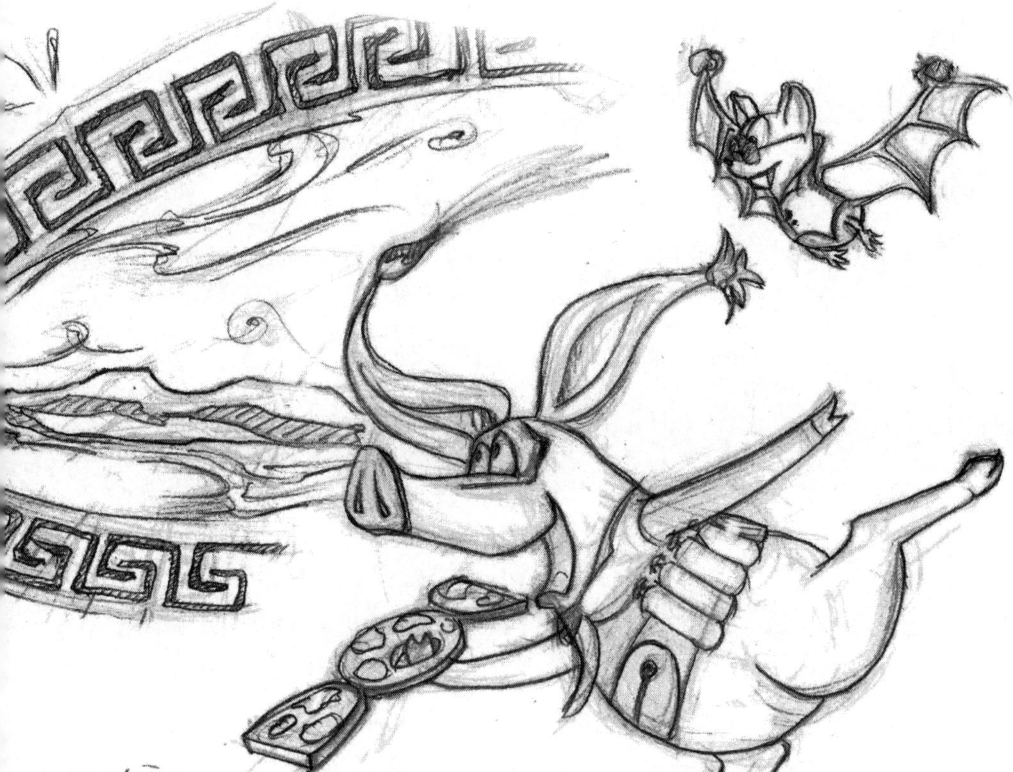

III. Krixkraxylos der Philosoph und die Weisheit

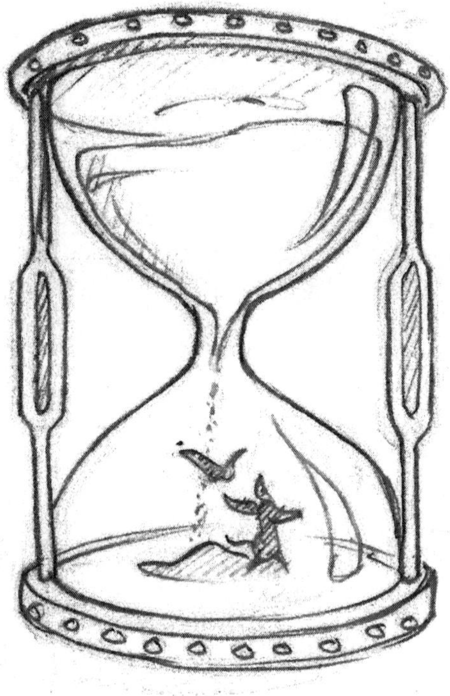

Zeit ist etwas ganz Besonderes. Und um das Besondere messen zu können, braucht man ein besonderes Gerät: die Sanduhr. Natürlich ist die Sanduhr oder das Stundenglas, wie sie von Herrn Zinnober liebevoll genannt wird, wieder etwas ganz speziell Besonderes.

Wie alle guten Sanduhren, ist auch diese aus Glas und in eine wunderbare Schnitzerei aus Holz eingefasst. Der Sand rieselt von der oberen Hälfte durch ein kleines Loch in die untere. So weit, so bekannt. Aber wenn man dann ganz genau hinsieht ... da bewegt sich doch etwas? Jetzt noch ein bisschen genauer hingesehen und man erkennt, wie der rieselnde Sand ein bewegtes Bild formt. Ein Bild von Siena und ihrem Abenteuer. Herr Zinnober kann nicht bei seiner kleinen Freundin sein. Aber zusehen, mitfiebern und ganz aufgeregt sein, das kann er, wenn Siena Abenteuer erlebt.

Geblendet von dem hellen Blitz konnten Siena und Nero nicht sofort erkennen, wo sie gelandet waren, aber eines war klar: Hier auf Kreta roch es ganz anders als im Dschungel um den Milimandscharo. Und die Luft, die Luft schmeckte ganz anders! Sienas Rüssel begann zu vibrieren. Was war das Süße, das sie da erschnupperte? Saftige Feigen?
Eine vertraute Stimme unterbrach ihre Gedanken. „Siena, es scheint, du hast es wieder einmal geschafft“, jauchzte Nero und rückte seine Sonnenbrille zurecht. Er war glücklich, auf einer der mittleren Inseln des mittleren Mittelmeers zu sein. Noch ehe sich die Augen der beiden Freunde an das Licht gewöhnt hatten, konnten sie weitere neue Gerüche wahrnehmen. Gerüche von warmer, trockener Erde und Salz lagen in der Luft. Ganz anders als im Dschungel.

Da spitzte Nero seine gespitzten Spitzohren: „Hörst du das auch, Siena? Dieses Grollen, dieses Rauschen und Stampfen? Das sind ...“ Die kleine Fledermaus flog ein paar Stockwerke höher. „Das sind Meereswellen, die an die Felsen donnern!“, rief Nero mit breitem Grinsen hinunter zu seiner Freundin. Nero freute sich immer besonders, wenn er neue Geräusche hören konnte. Jetzt vernahm auch Siena das wuchtige Rauschen in der Ferne. Etwas aufmerksamer als ihr Freund bemerkte sie ein Knirschen von Schritten im Sand. Diese kamen auf sie zu. „Pass nur auf, wir bekommen Besuch!“, wisperte Siena.

Ein Mann, etwa fünf Bananenlängen größer als das Pinselohrschwein, kam auf sie zu. Sein Gesicht wirkte freundlich. Auf jeden Fall der Teil des Gesichts, den man erkennen konnte. Da waren die Augen, seine faltige Stirn und ... das war's dann schon. Der Rest wurde durch einen wallenden Bart und ebenso wallendes Haar verdeckt. Der Fremde hatte große Ähnlichkeit mit Herrn Zinnober. Deswegen fanden die beiden Abenteurer ihn auch gleich sympathisch. Sein Gewand allerdings war ungewöhnlich: Ein weißes Leintuch hatte er um seinen Körper gewickelt und rundherum war ein rotes Band geschlungen. An seinen Füßen waren Sandalen, aus denen große Zehen hervorragten. In der Hand hielt er ein paar Weintrauben. Nach genau drei Schritten nahm er eine Traube in den Mund und spuckte die Kerne in alle Himmelsrichtungen.
So viel Verrücktheit gefiel Siena. Sie trappelte auf den Bärtigen zu, während Nero sicherheitshalber etwas höher in die Luft flatterte. „Ich bin doch hier richtig auf der Insel des Minotaurus?“, plapperte Siena freundlich drauflos. Der Mann blieb erstaunt stehen und verschluckte sich beinahe an einer Traube.

Dann legte er seinen Stab auf die trockene Erde und setzte sich, ohne ein Wort gesagt zu haben. Das Pinselohrschwein stellte die Ohren nach vorne und näherte sich vorsichtig. Solch eine seltsame Reaktion hatte Siena noch nie erlebt. Und um ganz sicher zu gehen, flatterte Nero noch ein paar Bananenlängen höher.

„Hab ich etwas Falsches gesagt?“, fragte Siena eingeschüchtert.
Der Mann nahm einen tiefen Atemzug, lächelte gütig und antwortete schließlich: „Nein, ich habe schon viele Fragen gehört, doch diese Frage ist mir neu und das überrascht mich ...“

Mutiger geworden und von der tiefen Stimme des Leintuchmannes beruhigt, kam Nero ein bisschen näher heran und fiepte: „Was überrascht dich? Meine Freundin Siena oder die Frage nach dem Minokaufuß?“
Der Mann lächelte wieder, atmete noch einmal tief und antwortete: „Mein dunkler Freund, die Offenheit der Frage überrascht und freut mich. Vor allem deine Neugier, die hinter dieser Frage steht. Denn du musst wissen, die Freude, die Liebe zum Wissen ist mein Beruf.“
„Dann sind wir bei dir ja richtig“, sagte Siena und setzte sich vor dem Mann auf den Boden.
„Krixkraxylos werde ich genannt“, fuhr der Mann aus Kreta fort, „und ich bin Philosoph.“
Neros Vorliebe für fremde Worte machte sich wieder bemerkbar, als er schnell rief: „Ich weiß, was du bist!“ Belustigt schaute Siena ihren Freund an, der vor Aufregung nervös geworden war und über ihrem Kopf flatterte. „Ein Philosoph“, sprudelte die Fledermaus weiter hervor, „ist einer, der die Wahrheit sagt!“
„Wahrheiten gibt es viele“, sprach der Philosoph weiter, „aber die *Liebe zur Weisheit* – das ist die wörtliche Über-

setzung meines Berufstitels – zeichnet mich aus."
Siena blickte verwundert, während Nero plapperte: „Weisheit, das heißt also, du weißt alles, lernst alles, kannst und kennst daher alles!"
„Ich versuche es ... Doch sag, mein lieber Freund, wem ich hier gegenübersitze. Denn Weisheit beginnt mit Neugier."
Nero stellte sie als Abenteurer vor, die auch auf der Suche nach der Wahrheit seien. Er nannte ihre Namen und Krixkraxylos beugte höflich sein Haupt.

„Um auf eure Frage und mein Erstaunen einzugehen, Nero und Siena, möchte ich euch eine Geschichte erzählen. Die wunderschöne Insel Kreta, auf der ich lebe, ist voll von wundersamen Dingen. So auch die Geschichte von König Minos und seiner Frau. Der König bekam für seine Heldentaten von den Göttern einen Stier geschenkt, den er opfern sollte."
Hier unterbrach Siena. „Was bedeutet das – opfern?"
Kurz schloss Krixkraxylos die Augen und antwortete: „Opfern bedeutet, etwas herzugeben und es nie wieder zurückzubekommen. Mit einem Opfer möchte man jemandem, der mächtiger ist als man selbst, gefallen, ihn ruhig und gnädig stimmen, damit man gut miteinander auskommt. Wenn das Opfer eine Speise ist, wird sie verbrannt und der Rauch steigt zu den Göttern empor. Wenn das Opfer ein lebendes Tier ist, muss man das Tier töten, um es zu den Göttern zu schicken."
Siena und Nero machten große Augen bei dieser Erklärung.

Nero stotterte: „Was sind denn das für komische Götter?“ Der Philosoph unterbrach seine Geschichte, um den beiden zu erklären, dass Zeus, der Göttervater, auf einem Berg lebe. Von dort schleudere er Blitze und herrsche mit seiner Familie über die Weiten der griechischen Welt. „So ist Poseidon, ein Bruder des Zeus, als Gott für die Meere zuständig. Athene, die Göttin der Weisheit, ist eine Tochter des Zeus.“

Nero schielte über den Rand seiner Sonnenbrille und landete keck vor dem Holzstab des Philosophen: „Diese Aklene hast du dann sicher sehr, sehr gerne. Oder?“

„Athene“, verbesserte der Mann sanft, „steht mir natürlich nahe. Doch sie ist auch die Göttin des Kampfes und das mag ich so gar nicht. Alles hat mindestens zwei Seiten. Die Götter, wie andere Familien auch, streiten und vertragen sich wieder, sind ungerecht und wohltätig. Wie wir Menschen, so sind auch sie nicht frei von Fehlern. Das denken wir in Griechenland darüber.“

Krixkraxylos machte eine kurze Pause. Er bot Siena und Nero eine Weintraube an. Als die Freunde neugierig hin-

einbissen, erzählte er weiter: „Aber zurück zum Stier des Minos. Der König wollte also dieses prächtige Tier den Göttern nicht opfern. Als Strafe für dieses eigenwillige Verhalten belegte Zeus im Zorn die Frau des Ungehorsamen mit einer Strafe. Sie sollte den Minotaurus – ein Ungeheuer mit einem Stierkopf auf dem Körper eines Mannes – großziehen. Aber alle fürchteten sich vor ihm. Der Erfinder Daidalos wurde gerufen und musste ein Gefängnis für dieses Monster bauen. Hohe Mauern wurden errichtet und dahinter viele Gänge, ein wahrer Irrgarten, denn niemand sollte jemals herauskommen und niemand sollte hineinfinden. Das ist das *Labyrinth des Minos* – mit seinem einzigen Bewohner, dem Minotaurus."
Nero traute sich endlich die halbe Traube herunterzuschlucken, die er zu kauen vergessen hatte. Siena saß mit konzentriertem und zusammengekniffenem Blick neben dem Weisen. „Also ist er doch so schrecklich, wie alle sagen?", fragte das Pinselohrschwein.

„Alles hat mehr als eine Seite", sprach der Mann weiter. „Ja, die Menschen fürchten sich vor ihm. Ja, sein Gebrüll ist schrecklich und das ist das Einzige, was wir von ihm kennen. Doch es naht der Tag, vor dem uns graut, denn der wird uns den Beweis bringen, ob der Minotaurus ein Ungeheuer ist oder ob unsere Fantasie uns etwas vorgaukelt."
Unsere Abenteurer waren stumm. Es hatte ihnen vor Spannung die Sprache verschlagen. „Bald", so fuhr der Phi-

losoph fort, „sind neun Jahre vergangen und das Gesetz verlangt, dass wir 14 unserer Kinder ...“, und hier versagte dem Philosophen für einen Moment die Stimme, „dass wir unsere Kinder zu dem Minotaurus in das Labyrinth schicken. Als Opfer.“ Nero und Siena sprangen auf und vor Empörung wollten sie so viel sagen, dass nichts dabei herauskam. „So lautet die Geschichte. Deswegen war ich erstaunt, euch so fröhlich und furchtlos die Frage über den Minotaurus stellen zu hören“, schloss Krixkraxylos seine Erzählung.

Siena und Nero erfuhren noch, dass Daidalos hier in der Nähe lebt und bereits ein Gerüst für die Opferzeremonie gebaut hatte. Auf die nochmalige Versicherung des Philosophen, dass alles mindestens zwei Seiten habe, beschlossen unsere Freunde, diesem Erfinder einen Besuch abzustatten.

„Wenn er das Labykind gebaut hat, dann weiß er vielleicht auch was über den Schatz“, murmelte Nero, als er sich wieder in die Lüfte erheben wollte.

Krixkraxylos runzelte die Stirn und lächelte: „Ich kann euch nicht zum Haus des Erfinders begleiten, aber den

Weg kann ich euch beschreiben. Und ein Geschenk will ich euch mitgeben."

Siena hatte noch viele Fragen und wollte sich von dem weisen Mann noch nicht verabschieden. Aber natürlich, alles hatte mindestens zwei Seiten, war sie auch neugierig wie eine Horde junger Affen auf Daidalos und den Minotaurus.
„Also nach der letzten Platane links ...", wiederholte Nero nochmals die Wegbeschreibung und vergaß fast, sich zu verabschieden. Aber höflich, wie unsere Fledermaus nun einmal war, streifte sie sich den Gehrock glatt und drehte sich wieder zu Krixkraxylos um: „Leb wohl. Es war mir ein riesiges Vergnügen, dich kennenzulernen."
„Apropos riesig, lieber Nero, noch ein Wort zur Größe. Im Labyrinth kann der Kleinste seine wahre Größe zeigen, das wollte ich dir noch mitgeben. Auch mir war es eine große Freude, euch zu treffen."
Siena wurde es nun ein bisschen schwer ums Herz, aber schließlich schenkte sie dem Philosophen noch ihr breitestes Lächeln und warf abenteuerlustig ihre Pinselohren in den Nacken.
Gemeinsam mit Nero trappelte sie auf die Stadt zu und blickte sich immer wieder zu dem Mann um, der auf dem Boden sitzend zurückblieb. Als er noch einmal seine Stimme erhob, erinnerte sich Siena an das Geschenk, das er ihnen versprochen hatte.
„Es ist nicht alles Gold, was glänzt, und nicht jeder Schatz

hat für alle einen Wert!“, rief der Philosoph ihnen nach. Dann stand er auf und ging in die entgegengesetzte Richtung. Siena und Nero standen da und wussten nicht, wohin mit ihren Gedanken. Was hatte er gemeint? Waren seine Worte das Geschenk? Aber eines wussten sie, dass sie unbedingt in die Stadt gehen wollten, um Daidalos und den Minotaurus zu sehen.

Plötzlich jedoch wurde die Stille von einem fürchterlichen Gebrüll zerrissen. Nero fiel fast auf Sienas Kopf und blieb leicht zitternd am Boden sitzen. Auge in Auge standen sich die beiden Freunde gegenüber. Dann nickten sie einander zu und marschierten in die Richtung, aus der das Brüllen gekommen war.

IV. Der Erfinder und der Überflieger

Zugegeben, Minos, die damalige Hauptstadt Kretas, glich einem Dorf. Einem Dorf, das zum Großteil aus kleinen Häusern und Höfen bestand. In geschätzten 248 Bananenlängen Abstand erkannte man bereits die Außenmauern des Labyrinthes. Dahinter erhob sich der mächtige Palast von König Minos, der zu dieser Zeit die Insel regierte. Doch obwohl unsere beiden Helden von ihrem Freund, dem Philosophen, eine genaue Beschreibung des Weges bekommen hatten, brauchte es ein ordentliches Stück Mühe, bis die zwei das Haus des Erfinders Daidalos gefunden hatten. Gleich nach der letzten Platane vor der Stadtgrenze hielten sich die beiden links, dann geradeaus, dann rechts, kurz halb links, etwas gerade ... kurz gesagt: Nach neun Mal links, 13 mal rechts – die halben Rechts nicht mitgezählt – und etlichen Malen geradeaus standen Siena und Nero vor ihrem Ziel.

„Hui", krächzte Nero „das war ja anstrengend!"
„Und die Hitze", pflichtete Siena bei. „Diese Hitze. Viel heißer als bei uns daheim. Und das will was heißen!" Die beiden ließen sich erschöpft im Schatten eines großen Olivenbaumes nieder.
„Ahh, diese Stille, einfach herrlich! Du, Siena, allzu viele Menschen scheinen auf dieser Insel nicht zu wohnen", stellte Nero verwundert fest.
„Stimmt. Wir haben auf unserem Weg nur zwei Inselbewohner getroffen", antwortete Siena.

„Für ein Königreich sind das wenig Menschen!", ergänzte die Fledermaus.
„Du hast recht. Seltsam ist in jedem Fall, dass wir keine Kinder getroffen haben."
„Naja, vielleicht kann uns der Erfinder Taucherfloss ja mehr dazu sagen", meinte Nero.
„Also mit dem Namen bin ich mir nicht ganz sicher. Ich glaube, du bringst da wieder etwas durcheinander."
„Ja, aber", überlegte Nero, „lass uns einfach mal anklopfen. Mal sehen, wer aufmacht."

Siena sprang auf die Beine und marschierte auf das Haus zu. Nero, der noch kurz seine Sonnenbrille zurechtrückte, folgte seiner Freundin erschöpft. „Hat dir schon jemand gesagt, dass Fledermäuse tagsüber schlafen?"
Doch das Pinselohrschwein war viel zu aufgeregt, um auf Neros Worte zu hören. Dafür hörte Siena etwas anderes. Stimmen, die aus dem Haus kamen ...

„Nein, nein, nein und nochmals nein! Mein lieber Sohn, es freut mich ja, dass du so neugierig bist. Aber deine Idee, zu fliegen, ist ..."
„Vater!", unterbrach eine junge Stimme. „Die Idee ist großartig! Wenn Vögel das können, können wir es schon lange! Du wirst sehen, dass es funktioniert. Ich werde mich zu den Göttern in den Himmel erheben!"
„Papperlapapp! Es funktioniert nicht und basta! Genauso wenig, wie deine Idee mit diesem Zeitmessgerät. Wie hast

du es genannt? Chronometer? Das kann nicht funktionieren. Zeit messen wir mithilfe der Sonne oder mit dem Stundenglas! Punkt!“

Und in eben ein solches Stundenglas blickte Herr Zinnober. Gespannt betrachtete er das Abbild seiner zwei Helden, die vor dem Haus des Daidalos standen. „Nun klopft schon an!“, rief Herr Zinnober mit kindlicher Freude. „Der Alte wird schon nicht beißen!“

Nun, beißen vielleicht nicht ... Siena machte einen großen Schritt auf die Tür zu, nahm den mächtigen Eisenring und klopfte mehrmals.
„Ich will keinen sehen, ich will keinen sprechen! Ich bin mit den wichtigen Dingen des Lebens beschäftigt“, tönte es harsch von innen.
„Vater, es ist kurz vor Mittag! Vielleicht ist es der Bote mit den bestellten Federn!“
„Ikarus! Fängst du schon wieder mit der Fliegerei an!“, herrschte der Mann den Jungen an. „Meinetwegen. Geh und sieh nach, wer meine Ideen stört!“

Kurz darauf konnte Siena rasche Schritte aus dem Haus hören.
„Er kommt“, rief sie Nero aufgeregt zu.
„Na bravo, dann können wir ja endlich mit diesem Erfinder plaudern“, gähnte die Fledermaus und flatterte flügellahm um Siena herum.

Plötzlich konnten sie ein ächzendes Knarren hören. Eine schwere Holztüre wurde geöffnet und schon plapperte Siena aufgeregt los: „Die Götter seien mit dir, Daidalos!" Die Gestalt brach in schallendes Gelächter aus und Siena blickte verdutzt in das Gesicht eines Jungen.
„Ich und unsicher mit Namen?", grinste Nero. „Daidalos ist doch der Vater! Dies hier muss demnach Fliegernuss sein."
„Ikarus!", sagte der Junge verwundert. „Man nennt mich Ikarus!"
„Gesundheit ... hab ich doch gesagt", erwiderte Sienas Freund.
„Aber, wer seid ihr? Einen Flieger wie dich habe ich schon einmal gesehen. Ich bin ja selbst bald ein Flieger", stellte der Junge mit stolz funkelnden Augen fest. „Aber was für ein Wesen bist du?", wandte er sich an Siena.
„Ich bin ..."
„... das *Schwein der Götter*!", platzte es aus Ikarus heraus. Verwundert, aber doch etwas geschmeichelt, blickte Siena den Jungen an. „Ich heiße Siena und bin ein Pinselohrschwein. Zusammen mit meinem Freund Nero bin ich auf Abenteuerreise."
Nero blinzelte mit einem vielsagenden Zwinkern hinter der Sonnenbrille hervor: „Abenteuer!"
„Und was verschlägt euch nach Kreta?", wollte der Junge wissen.
„Naja, wir sind auf der Suche nach deinem Vater, dem großen Erfinder Daidalos!", antwortete Siena.
„Großer Erfinder?", lachte Ikarus. „Keine Ahnung, wer ihn

als *groß* bezeichnet, aber Erfinder ist er, mein Vater."
„Dürfen wir ihn sprechen?", fragte Siena höflich. „Wir hätten da ein paar Fragen zum Minotau..."
„Psssst!", unterbrach Ikarus leise. „Sprecht den Namen des Ungeheuers nicht so leichtfertig aus! Kommt rein, ich bringe euch zu meinem Vater." Der Junge bat die beiden mit einer einladenden Geste ins Haus und schloss schnell die Tür. Im Inneren des Hauses gab es jede Menge Zimmer und einen riesigen Innenhof, der als Werkstatt und als eine Art Testgelände diente. In der Mitte des Hofes stand ein hoher Turm aus Holz, auf dessen höchstem Punkt eine Plattform angebracht war. Über den Innenhof huschte ein kleiner Mann mit zerzaustem weißen Haar und ebenso wildem Bart. Wie schon der Philosoph zuvor, war er in ein weißes Leinentuch gewickelt. Nun, ehemals weiß, denn da und dort war die Toga geflickt und das frühere Weiß hatte sich in ein helles Beige verwandelt.

„Dieser Junge! Nichts als Flausen im Kopf! Flugmaschinen! Chronometer! Alles Firlefanz ... nein, nein, nein! Dieser Junge, als hätten die Götter ...!“ Wie angewurzelt blieb Daidalos stehen. Im Zugang zum Hof sah er seinen Sohn in Begleitung eines – was auch immer – und eines flinken

Fliegers. Nun standen die Haare des Erfinders erst richtig zu Berge. Nervös zuckte sein rechtes Auge. „Sagte ich nicht, dass ich nichts Fliegendes mehr sehen möchte! Und was ist das für ein seltsames Lebewesen zu deiner Rechten? Nutztiere haben in meinen ...“

„Nutztiere?“, rief Siena mit funkelnden Augen. „Sehe ich vielleicht aus wie ein Nutztier?“
Dem Erfinder blieb der Mund offen stehen. „Wer oder was bist du? Vielleicht das *Schwein der Götter*?“
„Das hatten wir heute schon!“, grinste Siena und stellte sich und Nero dem Mann vor.

„Und so hat uns der Philosoph Krixkraxylos zu euch geschickt. Er meinte, dass es sinnvoll wäre, direkt mit dem Mann zu sprechen, der das Gefängnis für den Minotaurus erdacht hat“, erklärte Siena.
„Das ist so eine Sache mit dem Minotaurus“, begann Daidalos mit einem nachdenklichen Lächeln. „Ginge es nach mir, hätte ich ihn einfach fortgejagt. In Wahrheit stand ihm ja noch nie jemand gegenüber. Wir kennen nur die Erzählungen und dieses scheußliche Gebrüll. Aber tief in mir glaube ich diese Geschichten nicht.“ Nachdenklich blickte Daidalos über den Hof. Just in diesem Moment zerriss das Brüllen des Minotaurus die Stille.
„Aber warum hast du dann das Labyrinth errichtet?“, fragte Nero, der sich einen Balken zum Rasten gesucht hatte.
„Ach, wer wagt schon, seinem König zu widersprechen? Minos wollte es. Ich plante und baute das Gefängnis für diese scheußliche Kreatur. Seitdem hat sich bei uns viel verändert. Die Menschen leben in Angst. Die Eltern lassen ihre Kinder nicht mehr auf den Straßen spielen.“ Traurig blickte der Erfinder zu Boden und Siena nickte Nero wissend zu.

„Ihr müsst wissen“, fuhr Ikarus fort, „dass sich in wenigen Tagen die Errichtung des Labyrinthes zum neunten Mal jährt. Die Legende besagt, dass dem Minotaurus ein Opfer gebracht werden muss. Man munkelt von sieben Mädchen und sieben Jungen.“
„Aber“, unterbrach Siena, „warum hat noch niemand versucht, mit dem Minotaurus zu sprechen?“
„Zu sprechen?“, platzte es aus Vater und Sohn gleichzeitig heraus. „Es gibt niemanden mit so viel Mut. Nicht hier auf dieser Insel“, ergänzte der Erfinder.
„Doch, deinen Sohn!“, murmelte Nero aus dem Gebälk.
„Genau“, meinte Siena. „Dein Traum vom Fliegen ist noch viel gefährlicher als eine Plauderei mit diesem Ungetüm.“
Ikarus blickte ungläubig.
„Außerdem funktioniert das mit der Fliegerei sowieso nicht“, meldete sich Nero wieder zu Wort.
„Nicht du auch noch. Es reicht, dass Vater an mir zweifelt. Und überhaupt, wenn mein Flugapparat fertig ist, klettere ich auf den Turm hier und schwinge mich in die Lüfte!“
„Jaja, zu den Göttern“, murmelte die Fledermaus.

„Der Junge hat keine Ahnung“, pflichtete Daidalos seinem Besucher bei, als sein Sohn traurig und wütend den Innenhof verließ, um in sein Zimmer zu verschwinden. „Aber ihr habt gesagt, dass ihr Abenteurer seid. Nun habe ich euch alles erzählt, doch wo bleibt dabei euer Abenteuer? Mit einem alten, schrulligen Mann zu reden, ist ja wohl nicht so spannend“, fragte der Erfinder.

„Also, um die Wahrheit zu sagen“, antwortete Siena etwas schüchtern, „suchen wir den verborgenen Schatz im Labyrinth!“
Plötzlich verschwand die Freundlichkeit aus dem Gesicht des Mannes. „Ich wusste es!“, rief er. „Ihr seid auch nur wegen des Schatzes hier! Wegen eines Schatzes, den es gar nicht gibt. Ich kenne jeden Winkel im Labyrinth.“
„Wir wollten den Schatz nicht stehlen, wir wollten nur ...“
„Wenn ihr einen Schatz sucht, dann fragt doch den Minotaurus selbst!“, unterbrach sie der aufgebrachte Erfinder barsch. „Dort ist die Tür!“ Er verließ ohne ein weiteres Wort den Raum.

Rasch liefen Siena und Nero über den Innenhof, als Ikarus sie ansprach. „Ihr dürft Vater nicht böse sein. Diese ganze Sache mit dem Minotaurus bedrückt ihn sehr, aber ich habe etwas für euch. Einen Plan für den Weg zum Labyrinth. An dieser Stelle“, er zeigte auf einen Punkt etwa 63 Bananenlängen neben dem rechten Eck, „steht eine Rampe für die Opfer. Dort solltet ihr leicht ins Labyrinth gelangen können. Alles Gute, ihr Abenteurer!“
„Danke“, antwortete Siena. „Dir auch alles Gute und ...“
„Sind diese Schatzräuber endlich verschwunden?“, polterte es von drinnen. Siena nahm dankend die Karte entgegen und schritt mit Nero auf den Schultern hinaus auf die Straße. Ikarus blickte den beiden freundlich nach, als er die Türe schloss.
„Flieg nicht zu hoch, mein Träumer“, murmelte Siena und machte sich mit ihrem Freund auf den Weg zum Labyrinth.

V. Das Labyrinth und die Nacht

„Das ist schon alles sehr seltsam“, sagte Siena, „sehr seltsam!“
„Was meinst du genau?“, fragte Nero.
„Na, die Sache mit dem Minotaurus. Von allen Menschen, die wir bis jetzt getroffen haben, hat keiner das angebliche Untier gesehen. Weder Daidalos noch der Philosoph Krixkraxylos. Trotzdem haben alle eine unglaubliche Angst. Sehr seltsam“, erklärte Siena. Die beiden waren gerade mithilfe der Karte des Ikarus auf dem Weg zum Labyrinth.

Mittlerweile dämmerte es schon leicht. Die Sonne senkte sich im Westen der Insel und tauchte die sandfarbenen Häuser in ein warmes Gold.
„Immerhin“, meinte Siena, „hat Ikarus uns diese Karte gegeben. Das erleichtert uns den Weg auf jeden Fall.“
„Ach, ich denke, wir hätten das Labyrinth auch so gefunden. So richtig praktisch wäre eine Karte vom Labyrinth selbst gewesen. Im Moment habe ich noch keine Idee, wie wir uns in diesem Irrgarten zurechtfinden können.“
„Das stimmt, mein Freund. Aber schauen wir mal, wie wir zum und dann in das Labyrinth kommen.“
Der Weg dorthin führte die beiden Abenteurer durch enge Gassen, vorbei an kleinen Häusern und Plätzen. Siena schlenderte gemütlich dahin, während ihr kleiner Freund putzmunter ein paar Flügelschläge vor ihr flatterte. „Herr Zinnober hätte sicher seine Freude mit den beiden gehabt“, stellte Siena nachdenklich fest.
„Ja, das denke ich auch! Der alte Erfinder war ja noch schrulliger als unser Freund.“
„Da hast du recht. Doch wenn wir zurückkommen, muss uns Herr Zinnober unbedingt noch mehr über den jungen Ikarus erzählen.“
„Über den Träumer. Ja, das wird sicherlich spannend. Aber ich frage mich, was Herr Zinnober wohl gerade macht?“, überlegte Nero.

Tausende Kilometer weiter südlich und in einer ganz anderen Zeit stand der Maler vor seiner Staffelei und pin-

selte. Inspiriert von den Geschichten um den Minotaurus und der griechischen Welt entstand ein Bild eines antiken Tempels auf einem schroffen Meeresfelsen. Herr Zinnober hatte gerade die ersten Skizzen fertiggestellt und legte den Pinsel sorgfältig in ein Glas mit Reinigungsmittel, um einen Blick auf die Sanduhr und seine Freunde zu werfen. Im geformten Sand konnte der Maler erkennen, wie die beiden Abenteurer auf einer schmalen Straße marschierten.
„Die sind jetzt schon lange unterwegs“, dachte er. In seine Malereien versunken, hatte er die Begegnung mit Daidalos und seinem Sohn gar nicht bemerkt. „Naja, Kreta ist wohl eine riesige Insel. Einmal verlaufen und du brauchst schon deine Zeit, den Weg wiederzufinden“, murmelte Herr Zinnober. Er konnte natürlich nicht ahnen, dass die Stadt in der damaligen Zeit eher einem Dorf glich. Aber um sich darüber Gedanken zu machen, war der Maler nun wirklich zu müde. Behutsam nahm er das Stundenglas und machte sich auf den Weg in sein Schlafzimmer. Dort angekommen stellte er die Sanduhr auf sein Nachtkästchen, schlüpfte in seinen Schlafanzug und warf noch einen letzten Blick auf die beiden Abenteurer.
„Habt noch viel Spaß, ihr zwei. Und passt gut auf! Wir sehen einander bei eurer Rückkehr“, flüsterte Herr Zinnober und blies die Kerze auf seinem Nachttisch aus.

„Mah, bist du Mangokompott!“, rief Siena. Nero flatterte aufgeregt hin und her, nach oben nach unten, nach links nach rechts, aber nicht nach vorne. Dort erhob sich die

gewaltige Außenmauer des Labyrinths. „Ist das hoch“, rief Siena ihrem Freund zu.
„Ja, da muss ich mich schon sehr anstrengen, wenn ich da hoch fliegen möchte“, stellte die Fledermaus kleinlaut fest.
„Aber wir haben das Labyrinth gefunden. Jetzt müssen wir nur noch die Rampe finden, von der Ikarus gesprochen hat.“
„Ja, ja, 63 Bananenlängen neben dem rechten Eck, hat er gesagt. Doch wo ist das rechte Eck? Im Moment sehe ich nur Mauer“, beklagte sich Nero und flatterte unschlüssig hin und her.
„Nero, wie oft denn noch? Rechts ist ... wo?“ Nero blickte seine Freundin fragend an. „... wo der Daumen links ist!“, erklärte das Pinselohrschwein.
„Ganz toll, Siena! Erstens bin ich eine Fledermaus und habe keine Daumen. Und zweitens hat der Spruch schon einen mächtigen Bart. Mächtiger als der vom alten Maler und der ist ja schon ...“
„In Ordnung, mein Lieber“, unterbrach ihn seine Freundin, „hier geht es lang.“

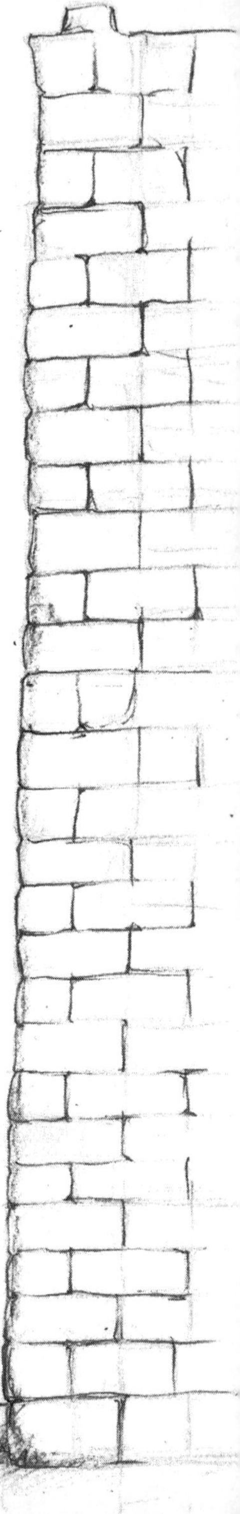

Exakt 62 und drei viertel Bananenlängen später, man könnte auch sagen 62 und eine geschälte Bananenlänge

später, konnte man ein Pinselohrschwein und eine Fledermaus mit weit offenem Mund und großen Augen, die voller Erstaunen aufgerissen waren, vor einer gigantischen, himmelhohen Holzkonstruktion stehen sehen.
Unsere beiden Freunde hatten die Rampe erreicht. Ein riesiges hölzernes Ungetüm mit einer Vielzahl an Treppen, Stufen und einem Flaschenzug.
„Na dann, nichts wie rein mit uns!“ Sienas Miene erhellte sich.
„Was? Wie denn? Wie jetzt? Rein? Ins Labyrinth? Zum Ungeheuer? In der Dämmerung? Siena!“ Die Fledermaus war sich nicht sicher, ob sie die Freude des Pinselohrschweines teilen sollte. Immerhin hatten die beiden nur Gruseliges über den Minotaurus und sein Gefängnis gehört.
„Nero! Mach schon! Mann oder Maus?“, rief Siena.
„Fledermaus“, antwortete Nero leise.
„Jetzt sind wir da. Und du weißt, der Sand im Stundenglas verrinnt. Also sollten ...“
„Du hast ja recht. Immerhin wollen wir herausfinden, ob der Minotaurus wirklich so ein Bösling ist. Und wegen des Schatzes sind wir ja auch noch hier“, stimmte eine etwas mutigere Fledermaus seiner Freundin zu.
Die jedoch eilte bereits über die Holztreppen den Turm hinauf. Nero rückte noch schnell den Kragen seines Gehrocks zurecht und flog Bananenlänge um Bananenlänge bis zur Spitze der Holzkonstruktion. Von der Mauerkrone aus konnte er auf die etwas niedrigeren inneren Wände des Labyrinthes blicken. „Und jetzt, liebe Siena,

wie geht's jetzt weiter? Springen kommt ja wohl nicht infrage!", hänselte Nero das Pinselohrschwein.
„Du hast leicht reden. Flatterst gemütlich herum, flatterst rauf, flatterst runter!" Da erblickte Siena den Flaschenzug.
„Ich hab's. Ich binde mir das Ende des Seils um den Bauch und lasse mich langsam in das Labyrinth hinunter. Dort angekommen binde ich mich los. Das Gewicht des Steines wird das Seil nach oben ziehen. So kann der Minotaurus nicht aus dem Labyrinth gelangen."
„Großartig!", rief Nero. Nach einer kleinen Pause fragte er: „Und auf der Flucht vor dem Ungeheuer? Wie kommst du dann aus dem Labyrinth heraus? Hast du darüber auch nachgedacht?" Nero legte den Kopf schief und sah seine Freundin groß an.
„Also", erklärte Siena, „erstens denke ich, dass der Minotaurus gar nicht so schrecklich ist, wie alle sagen. Und zweitens habe ich ja meine Pinselohren! Die helfen immer."

Ganz einverstanden war Nero mit dem Plan seiner Freundin nicht. Aber er wusste, dass es keinen Sinn hatte, Siena zu widersprechen. Wenn sie sich einmal etwas in den Kopf gesetzt hatte, war sie nur schwer davon abzubringen. Und so war es dann auch. Wenige Minuten später schlang sich die Abenteurerin das dicke Hanfseil um den Bauch und fixierte es mit einem festen Knoten. Anschließend nahm Siena das andere Ende des Seils und blickte ein letztes Mal prüfend von der Rampe ins Labyrinth.

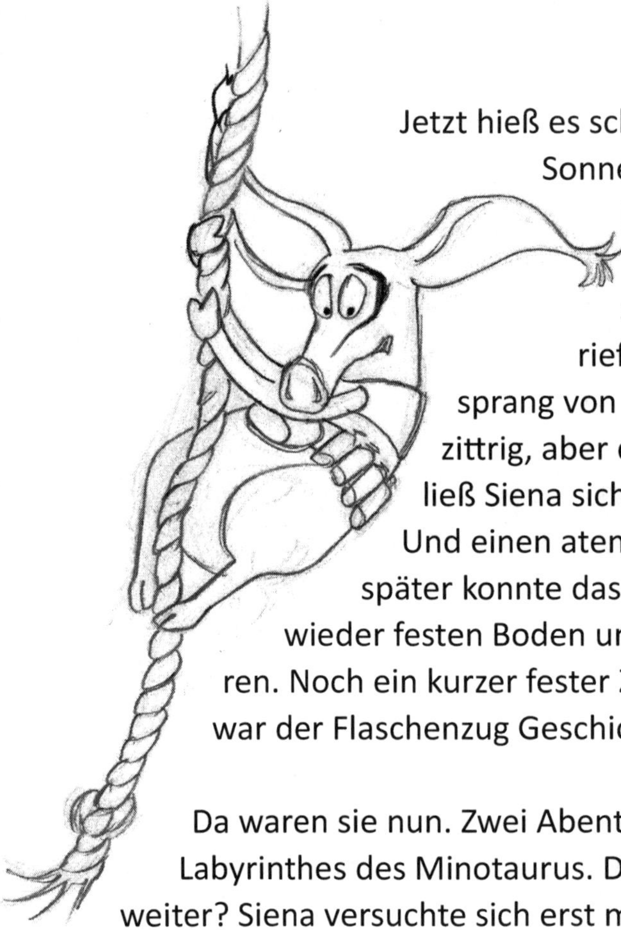

Jetzt hieß es schnell sein, denn die Sonne war nur noch eine halbe Bananenlänge über dem Horizont zu sehen. „Heureka!", rief unsere Heldin und sprang von der Rampe. Etwas zittrig, aber dafür umso rascher ließ Siena sich in die Tiefe gleiten. Und einen atemberaubenden Rutsch später konnte das Pinselohrschwein wieder festen Boden unter seinen Füßen spüren. Noch ein kurzer fester Zug am Seil und schon war der Flaschenzug Geschichte.

Da waren sie nun. Zwei Abenteurer im Inneren des Labyrinthes des Minotaurus. Doch wie ging's jetzt weiter? Siena versuchte sich erst mal zu orientieren. Doch hier im Labyrinth, umgeben von mächtigen Mauern, war es bereits stockdunkel. Nero zog über Sienas Kopf seine Bahnen. Als Fledermaus konnte er sich auch in dieser Dunkelheit hervorragend orientieren. Trotzdem konnte er seiner Freundin nicht helfen und ihr den Weg ansagen. „So ein ... ein Zwetschkenschmarrn!", rief Siena enttäuscht. „Jetzt sind wir so weit gekommen und schaffen es trotzdem nicht zum Minotaurus." Erschöpft ließ sie sich zu Boden sinken.

Nero glitt leise aus der Finsternis zu seiner Freundin hinab. „Siena, das macht doch nichts. Besser so, als wenn wir dem Ungeheuer in der Dunkelheit gegenüberstünden. Ich für meinen Teil hätte nichts gegen eine kleine Rast. Und sobald sich die Sonne am Himmel zeigt, können wir unseren Weg und unser Abenteuer fortsetzen!", machte die Fledermaus seiner Freundin Mut.
„Vielleicht hast du ja recht. Wer weiß, was uns ..." Noch bevor Siena den Satz zu Ende sprechen konnte, schlief sie ein.
Nero, der an den Wänden des Labyrinthes keinen Schlafplatz finden konnte, machte es sich an Sienas Seite gemütlich, klappte den Kragen hoch, kuschelte sich an Sienas Schulter und schloss die Augen.

Erschöpft von den Abenteuern des Tages schlief auch der Nachtschwärmer rasch ein. Und wie seine Freundin, träumte auch er in dieser Nacht von ihrer Begegnung mit dem schrecklichen Minotaurus. Nicht ahnend, dass alles ganz anders kommen sollte ...

VI. 3723 Schritte und 66 klappernde Zähne

Ein lautes Brüllen ließ den Boden und die Wände des Labyrinthes erzittern. Siena schreckte aus dem Schlaf auf und rief verängstigt nach ihrem Freund. „Nero! Was ist das?!"

„Der Minimausus! Er scheint aufgewacht zu sein. Und so wie es klingt, hat er ganz, ganz üble Laune!“ Hier im Irrgarten klang das Brüllen noch viel mächtiger. Nero klammerte sich zitternd an seine Freundin. Nach etlichen Sekunden, die den beiden wie eine halbe Ewigkeit vorkamen, verstummte das Brüllen. Die Sonne war noch nicht richtig aufgegangen, es war mucksmäuschenstill. Nur der aufgeregte Atem der beiden Abenteurer war zu hören.
„Du...u Siena...a“, durchbrach Nero die Stille. „Denkst du noch immer, dass diese Sache so eine gute Idee war?“
„Aber Nero, jetzt sind wir schon mal hier. So weit, wie keiner vor uns zuvor. Also ...“
„Ich hätte mir vor Angst fast in die Hosen gemacht, wenn ich welche hätte!“
„Komm schon, du Angsthase, nur kurz ... Wir werfen aus sicherer Entfernung einen Blick auf das Ungeheuer und ich pinsle uns in null Komma nix wieder nach Hause!“
„Na, also gut, aber in null Komma gar nix!“
„Versprochen! Beim Geist des alten Medizinmanns! Und überhaupt. Draufgespuckt und besiegelt!“, rief Siena, spuckte sich in die linke Pfote und klatschte mit Neros linkem Flügel ab.

Nachdem sich die beiden Abenteurer das letzte bisschen Schlaf aus den Augen gerieben hatten, machten sie sich auf den Weg. Kurz geradeaus, links, zweimal rechts, wieder gerade, wieder rechts, und ... Sackgasse. Also. Links, gerade, einmal links, zweimal rechts, wieder gerade, links

und ... wieder Sackgasse. „Du, Siena!", meldete sich Nero, der knapp über dem Kopf des Pinselohrschweins kreiste. „Ich habe das Gefühl, dass wir keine einzige Bananenlänge weiterkommen."
„Ich muss dir leider recht geben", antwortete Siena mit entmutigtem Blick. „Irgendwie habe ich mir den Weg durchs Labyrinth einfacher vorgestellt."
„Aber Krixkraxylos hat doch gesagt, dass im Labyrinth der Kleinste wahre Größe zeigen kann. Was hat er nur damit gemeint?", fragte die Fledermaus verwundert und rückte sich die Sonnenbrille zurecht.
„Wahre Größe? Verflixter Zebrastreifen! Warum bin ich nicht gleich darauf gekommen? Größe! Nero! Größe!", rief Siena mit breitem Grinsen. „Flieg hoch hinauf, mein Freund! Von dort oben kannst du den Weg durch das Labyrinth sehen und mich dirigieren!" „Großartig! Was der Alte doch Kluges in einfache Worte gepackt hat!", hörte Siena ihren Freund einen Moment später weit über sich rufen.

Nero war sicherlich schon 47 Bananenlängen hoch über ihrem Kopf, als Siena ein lautes „Gefräßiger Löwenzahn!" hörte.
„Das ist ja gigantisch! Aber ich, ich hab voll den Durch... ähh ... Überblick!"
„Also, wohin soll es gehen?", rief die Abenteurerin zu ihrem Freund in die Lüfte.
„Ganz einfach. Zuerst geht's mal nach rechts, dann geradeaus, links ... jetzt links, Siena!" Nero flog und schrie

munter die Anweisungen zu seiner Freundin ins Labyrinth. Diese rannte durch den Irrgarten, als wäre ein ganzer Stamm wilder Ureinwohner hinter ihr her. „Und wieder nach rechts, geradeaus, links, wieder links, rechts ... das andere Rechts, Siena!"
Plötzlich verstummten die Anweisungen und Siena blieb stehen. Ein paar Flügelschläge später kam Nero auf seine Freundin zugeflogen, die ihn mit fragenden Augen erwartete.
„Was ist los?", wollte sie wissen.
„Das ist so eine Sache", erklärte der Flieger. „Ich denke, dass wir ganz nah beim Minotaurus sind! Noch zweimal links, etwas geradeaus und dann rechts ... und dann ..."
Nero schluckte.
„Und dann? Sag schon!", bohrte Siena nach.
„... und dann scheint es einen riesigen Innenhof zu geben, aus dessen Richtung seltsame Geräusche kommen."
„Dann nix wie hin!", rief Siena aufgeregt.
„Leise", flüsterte Nero, „vielleicht kann uns das Ungeheuer schon hören!"
„Also gut! Trotzdem. Nix wie hin! Ich bin doch nicht eben dreitausendsiebenhundertdreiundzwanzig Schritte gelaufen, um eine Pause zu machen!"
„Aber, Siena, denk an dein Versprechen. Nur ein kurzer Blick!", ermahnte Nero seine Freundin.
Vorsichtig machten sich die beiden auf den Weg. Einmal links, kurz stehen geblieben, noch einmal links, genau wie Nero gesagt hatte. Dann geradeaus. Ein vorsichtiger Blick um die Ecke ... noch ein letztes Mal rechts – und plötzlich

blieb den Abenteurern der Mund offen stehen. Die beiden standen vor einem riesigen Innenhof, bepflanzt mit einer Vielzahl an Obstbäumen, Schatten spendenden Weinreben und bunten Gemüsebeeten. Ein grünes Paradies im Herzen des Irrgartens. Und in einer Ecke, nur eine Handvoll Bananenlängen entfernt, stand ER. Der Minotaurus! Unsere Freunde konnten nur den mächtigen Rücken des Ungeheuers sehen. Muskelbepackte, breite Schultern trugen einen riesigen Stierschädel mit Furcht einflößenden Hörnern.

Unsere Freunde zuckten zusammen. „Sieh... sieh... siehst du auch, was ich sehe?“, flüsterte Siena. Nero, dem es vor Schreck die Sprache verschlagen hatte, nickte nur zustimmend. Der Minotaurus hielt etwas in seinen Händen. Etwas, das aussah wie ein – ein Kopf. Mit einem leisen Knacken biss das Ungeheuer hinein. Sienas Zähne klapperten immer lauter, während Nero starr vor Angst einfach auf den Boden krachte.
Platsch! Bei dem Geräusch drehte sich der Minotaurus um.

VII. Ein gar nicht schrecklicher Schrecken und die Brüllmaschine

Der Minotaurus blickte auf die beiden Abenteurer. Dann fragte er mit einem bezaubernden Lächeln: „Muuhhhst du denn so laut sein?“ Siena stand noch immer da und schlotterte vor Aufregung. Nero lag, wie ein kleines Häufchen Elend, neben seiner Freundin, seinen Gehrock fest über seine Fledermausohren gezogen.
„Und nun, nun, w...wirst d...d...du u...uns jetzt den Kopf abbeißen, Herr Minotaurus?“, stotterte das Pinselohrschwein.
„Warum sollte ich so etwas machen?“, antwortete der Minotaurus verwirrt.
„Aber, aber, d...du h...hast ja gerade einen ... etwas verschlungen!“, stotterte Siena.

Der Minotaurus begann, herzhaft zu lachen. Die Wände des Labyrinths schienen zu erzittern, so laut dröhnte sein Lachen durch die Gänge. Siena blickte ungläubig und auch Nero, der sich langsam von seinem Schrecken erholt hatte, schaute unsicher zu dem *Nun-gar-nicht-mehr-so-gruseligen-Ungeheuer*.
„Meine Lieben, erstens habe ich mein ganzes Leben lang noch nie Fleisch gegessen. Zweitens, das, was ihr für einen Kopf gehalten habt, war nur ein schmackhafter, großer Kürbis“, erklärte der Minotaurus. „Ich kann mir zwar vorstellen, wie ich auf andere wirken mag, aber ich würde niemals einer Fliege etwas zuleide tun.“

„Aber, Herr Minotaurus, die Leute sagen, du bist ein ... ein Ungeheuer. Du würdest Opfer fordern und die Insel mit deinem Brüllen tyrannisieren!“, entgegnete Nero, der all seinen Mut zusammengenommen hatte.
„Ach, die Leute“, antwortete der Minotaurus nachdenklich. „Keiner hat sich jemals die Zeit genommen, mich wirklich kennenzulernen. Nein, ich wurde geboren. Das Labyrinth wurde gebaut. Und seit diesem Tag lassen sie mich hier allein.“
„Herr Minotaurus!“, rief Siena aufgeregt. „Das wundert ...“
„Asterion“, unterbrach das *Jetzt-noch-ein-bisschen-weniger-gruselige-Ungeheuer* das Pinselohrschwein. „Mein Name ist Asterion! Und wer seid ihr beiden Mutigen?“

„Also ich, ich bin Siena, ein Pinselohrschwein und mein fliegender Freund hört auf den Namen Nero und ist eine Fledermaus. Aber, Herr, äh, Asterion, bei deinem Gebrüll wundert es dich wohl nicht, dass die Menschen Angst vor dir haben und das Weite suchen?“, fragte Siena.
Ein breites Grinsen zeigte sich auf Asterions

Gesicht. „Jaja, das Gebrüll! Kommt mal mit, ich möchte euch was zeigen."

Der Minotaurus ging mit unseren beiden Abenteurern quer durch seinen Garten. Unbekannte Gerüche und Eindrücke von noch viel unbekannteren Kräutern und Pflanzen begleiteten ihren Weg. An der anderen Seite angekommen, hielten sie sich zweimal links, dann etwas geradeaus und dann einmal rechts, bis sie in einem weiteren Innenhof standen. Stolz blickte Asterion die beiden Freunde an. Die wiederum sahen nur ein riesiges hölzernes Gebilde. Viele, viele Bananenlängen hoch und ebenso breit. Durch die Holzkonstruktion zogen sich eine Vielzahl an Rohren und Leitungen, die in einen unglaublich großen Trichter mündeten.

„Du, Nero, das sieht ein bisschen aus wie das Grammofon von Herrn Zinnober", flüsterte Siena.

„Ja, nur tausendmal größer", stimmte Nero zu.
„Das", sagte der Minotaurus stolz, „ist meine Brüllmaschine!"
„Brüllmaschine?", fragten Siena und Nero wie aus einem Mund.
„Na, glaubt ihr wirklich, ich würde so laut brüllen? 14 Mal am Tag? Das wäre mir doch viel zu anstrengend. Außerdem schadet diese Brüllerei doch nur meiner Stimme. Nein, ich habe diese Maschine gebaut, damit die Menschen mich in Ruhe lassen. Tagsüber brüllt sie und in der Nacht können wir alle ruhig schlafen. Unter uns, dieses Gebrülle nervt sogar mich manchmal. Aber nur so kann ich mich entspannt um meinen Garten kümmern, in Ruhe meine Pflanzen pflegen und mich den schönen Dingen des Lebens widmen."
Nero, immer an den kleinsten Kleinigkeiten interessiert, fragte gleich nach: „Aber, wie funktioniert diese Maschine, wie brüllt sie überhaupt und warum nur tagsüber?"
„Das ist ganz einfach. Über diese Rohre und Leitungen sammle ich den Wind, der auf unserer Insel ständig bläst. Den Wind leite ich in Richtung dieses Trichters. Kurz vor dem Trichter wird die Luft durch ein altes Nudelsieb gepresst. Das macht die grausigen Laute und diese werden dann durch den Trichter verstärkt. Ich nenne ihn Megafon! In der Nacht leite ich den Wind dann einfach am Sieb und am Trichter vorbei und alle auf der Insel können ruhig schlafen."
„Großartig! Wenn wir das Herrn Zinnober erzählen ... einfach großartig!", murmelte die Fledermaus.

„Herr Zinnober?“, blickte Asterion fragend.
„Ein guter Freund an einem anderen Ort“, erwiderte Siena rasch.

„Freunde“, dachte der Minotaurus laut nach. „Das hört sich schön an! Aber hier findet man nicht so leicht welche.“
„Doch, heute hast du schon zwei gefunden!“, sagte Siena mit einem entzückenden Lächeln.
„Wirklich? Das ist schön!“, grinste Asterion. „Doch eine ganz andere Frage. Wie seid ihr beide denn in meinem Gefängnis gelandet?“
Auf dem Weg zurück zum Garten erzählten die beiden von ihrem Abenteuer, von ihren Begegnungen mit Krixkraxylos, dem schrulligen Erfinder Daidalos und seinem aufgeweckten Sohn Ikarus. Und natürlich auch von der Rampe, über die die beiden ins Innere des Irrgartens gelangt waren. Jener Rampe, über die in wenigen Tagen die Opfer ins Labyrinth gebracht würden ...
„Opfer?!“, rief der Minotaurus entsetzt. Ungläubig setzte er sich auf einen großen Stein im Schatten eines Zitronenbaumes. „Was, was meint ihr mit *Opfer*?“
Siena berichtete vom neunten Jahrestag der Entstehung des Labyrinthes und von den 14 Opfern, weil ja auch 14 Mal am Tag ein Brüllen zu vernehmen sei.
„Aber, warum?“, fragte Asterion entgeistert. „Was sollen diese Opfer bezwecken?“
„Na, sie sollen das Ungeheuer, also dich, gnädig stimmen!“, sprudelte es aus Nero heraus.
„Mich *gnädig* stimmen?“, fragte der Minotaurus mit zittriger Stimme. „Aber ich bin doch kein Ungeheuer! Ich schaue vielleicht etwas anders aus ...“
„Ja, das reicht manchmal schon“, ergänzte Siena.

„Ja aber, aber, das geht nicht!“, rief der Minotaurus und fuchtelte wild mit seinen Armen in der Luft umher. „Das geht ganz und gar nicht!“

„Sehe ich genauso!“, fiepte Nero aus den Blättern eines Baumes. „Du scheinst ja ein recht netter Kerl zu sein! Und das mit den Opfern ist in jedem Fall eine ganz miese Idee.“

„Das ist es!“, stimmte Siena zu. Abgelenkt blickte sie auf ein Bild an der Wand des Labyrinthes. Das Bild zeigte eine Vielzahl von Linien und Kästchen. Diese Muster waren aus vielen kleinen Steinen geformt. „Und das ist ...?“

„Das ist ein Plan des Labyrinthes“, erklärte Asterion, „schließlich kenne ich doch jeden Winkel hier.“

„Genau hier ...“, unterbrach Nero, „haben sie die Rampe gebaut.“ Der kleine Flieger, ausnahmsweise zielsicher, zeigte auf den Punkt, der geschätzte 63 Bananenlängen von der rechten Ecke entfernt war. „Ich, ich kenne auch das da an der Wand, das ist ein ... ein ... ein Mokassin. Dafür seid ihr auf Kreta ja bekannt. Das hat mir Herr Zinnober erzählt!“, sagte die Fledermaus neunmalklug.

„Dieser Herr Zinnober scheint ein schlauer Mann zu sein“, sagte der Minotaurus. „Allerdings handelt es sich bei dem Bild nicht um ein Mokassin, sondern um ein Mosaik.“ Siena lächelte.
„Aber eine Rampe, Opfer, Jahrestag ...“, schnaubte Asterion vor sich hin. „Was denken sich diese Menschen dabei?“
„Sie fürchten sich einfach“, antwortete Siena. „Aber ich bin mir sicher, mein Freund, dass wir für uns alle eine Lösung finden werden.“ Und wieder blieb ihr Blick an dem Mosaik hängen.

VIII. Zwei Abschiede und Freudentränen

Ja, sie hatte den roten Faden ihrer Gedanken verloren. Siena war erstaunt über die Sanftheit des Riesen und verwundert über dessen Verzweiflung. „Das meint Herr Zinnober, wenn er sagt, die Großen dürfen schwach und die Kleinen stark sein ...“, murmelte Siena, den Blick auf das Mosaik geheftet.
Asterion konnte noch immer keine Ruhe finden. Er war so unglaublich traurig und beinahe wütend darüber, dass die Menschen auf Kreta ihm ein Opfer darbringen wollten. „So etwas Dummes, man möchte doch gegen die Wände laufen!“, schnaubte er.
Auf Nero, der beiden zugehört hatte, färbte die Stimmung ab. Nervös erhob er sich in die Lüfte und flatterte aufgeregt über den Köpfen seiner Freunde herum. Aus dieser

Perspektive gelang es der Fledermaus schon immer, neue Ideen zu schöpfen, denn er hatte den Überblick. Da waren sie also: Siena, auf das Mosaik starrend, und Asterion, der weder aus noch ein wusste und nervös auf und ab lief.

Im Sturzflug brauste Nero auf Siena zu. Er hatte eine grandiose Idee! „Hör, Siena, hör mal. Ich meine, das ist doch die Lösung, wie wäre es, wenn ... aber klar ... so einfach kannst du ... hey ... was sagst du dazu?“ Der flotte Flieger sprudelte alles auf einmal heraus.
Siena schüttelte sich und antwortete mit einem lang gezogenen: „Was meinst du eigentlich?“ Asterion wandte seinen Blick zu den beiden Freunden, war aber gleich wieder in seine sorgenvollen Gedanken versunken.
Nero war direkt vor Siena gelandet, mit einem Sprung war er an ihrem Hals und flüsterte ihr direkt etwas ins Ohr. Mit großen Augen hörte das Pinselohrschwein seinem unruhigen Freund zu, der sich wieder zu Boden sinken ließ und dabei triumphierend grinste. Breit lächelte er und schob keck seine pfiffige Sonnenbrille in die Höhe: „Na, nicht schlecht, das musst du zugeben, meine Liebe! Eine simplifikante Idee, aber die muss man auch erst mal haben!“
Siena musste ein bisschen nachdenken, ganz einfach war die Fledermaus mit dem Hang zur Wortverdrehung nicht zu verstehen, aber schließlich nickte sie und auch auf ihrem Gesicht stand ein breites Lächeln.
„Lieber Asterion“, wandte sie sich an den Minotaurus, der noch immer betrübt auf seinem Stein saß. „Nero hat eine

ganz einfache Idee, simpel, wie er sagen wollte, mit der wir dir helfen können. Wir bringen dich einfach fort von hier!“

Asterions mächtiger Kopf schnellte empor: „Meine Freunde, seid mir nicht böse, aber wie soll ich denn hier aus meinem Labyrinth raus?“ Seine Stimme wurde lauter und fast brüllte er: „Niemals darf mich ein Mensch erblicken, weil ...“ Seine Stimme wurde wieder ganz leise, traurig. „... sie alle, sie fürchten und sie hassen mich und würden mich fangen wollen. Vielleicht würden sie auch Schlimmeres mit mir anstellen ... und dann müsste ich mich wehren, kämpfen ... und das, meine lieben Freunde, kann ich nicht. Mag ich nicht.“

Für einen Augenblick waren alle drei still, nur das Rauschen des Windes war zu hören.

Nero war der Erste, der die Sprache wiederfand: „Aber Asterion, du fragst gar nicht, wie wir hierhergekommen sind? Denn meine Freundin Siena hier, die kann was ganz Mirakulöses!“

„Etwas Wunderbares meint er, der Flattergeist, aber für mich ist es ganz selbstverständlich geworden, also hör mir zu ...“ Siena erzählte Asterion von ihrem besonderen Talent, sich selbst und ihre Freunde an andere Orte, in andere Zeiten zu bringen und das nur mithilfe ihrer magischen Pinselohren. Farbe und Malgrund reichten aus und schon war man in einer anderen Welt.

„Wie, du willst mich mit deinen Ohren aus diesem Chaos

bringen?“, fragte der Minotaurus ungläubig. Und als Siena und Nero schnell nickten, fügte er hinzu: „Das ist das Schönste, was mir je widerfahren ist!“ Asterion setzte sich zu Siena und Nero auf den Boden, hob seine Hände und umarmte die beiden ganz behutsam.
Nero fiepte: „So, mein Großer, jetzt heißt es aber an den Aufbruch denken!“ Er rückte seine Sonnenbrille gerade, die durch die Umarmung des Giganten verrutscht war. Wenn man ganz genau hinsah, dann konnte man erkennen, dass

unsere Fledermaus etwas gerührt war.
Dann ging alles sehr schnell. Asterion packte seine Siebensachen und sprach unaufhörlich davon, wie es sein mochte, wenn er endlich über freie Felder schauen könne, ohne einen Menschen zu erblicken, der

vor ihm erschreckte. Wie herrlich es wäre, endlich diese Brüllmaschine los zu sein und endlich keine Mauern vor der Nase zu haben!

Plötzlich hielt Asterion inne: „Wann, meine Freunde, habt ihr das letzte Mal gelacht?“ Verdutzt sahen ihn die Freunde an. „Ich meine, wer zuletzt lacht ... kommt mit!“ Sie gingen zum Gemüsebeet des Minotaurus. Er begann sogleich, eine große Melone zu pflücken und ein paar Radieschen zu ernten.
„Aber die wirst du nicht mitnehmen können!“, meinte Nero. „Und ich verstehe nicht, was daran lustig sein soll, das ganze bunte Gemüse auszurupfen.“
Asterion hob den Finger: „Warte nur einen Augenblick!“ Und in Windeseile hatte der Minotaurus mit einer überraschenden Geschicklichkeit aus den verschiedensten Gemüsesorten einen Kopf geformt, der wie ein lachendes Gesicht aussah. „Jetzt seid ihr dran!“, sagte er.
Unsere beiden Abenteurer verstanden. Sie machten sich daran, verschiedenste Köpfe zu formen.
„Was glaubst du, wie die Menschen staunen werden, wenn sie das hier finden anstelle eines Menschen verschlingenden Ungeheuers“, kicherte Siena.
Nero antwortete: „Das Einzige, was hier gegessen wird, ist Gemüsepfanne á la Asterion!“

Vor lauter Lachen konnte sich Nero nicht mehr in der Luft halten und Siena hatte Tränen in den Augen. Asterion lachte so laut und dröhnend, dass alle Menschen im Umkreis glauben mussten, dass der schreckliche Minotaurus sich auf seine Opfergaben freute!

Langsam sank die Sonne immer tiefer und unsere Helden mussten nun an ihre Reise denken.

Als Asterion noch einmal seinen Rucksack kontrollierte, sagte Nero: „Und vergiss deinen Schatz nicht. Ich sehe gar keine Schatzkiste in deinem Gepäck."

Stirnrunzelnd sah Asterion die Fledermaus an. „Was meinst du damit, Nero?"

„Ach, ich dachte nur, weil wir doch auch ein bisschen den Schatz des Labyrinthes suchen wollten ..." Unter dem verwunderten Blick des Minotaurus verstummte Nero – und das sollte was heißen!

„Weißt du", übernahm Siena die Erklärung, „weißt du denn nicht, dass in diesen Mauern ein Schatz versteckt sein

soll? Der einzige Grund, warum noch keine Schatzjäger hier waren, ist wohl, dass sie sich vor dir fürchten."

Asterion atmete tief ein und aus. Dann sagte er: „Meine lieben Freunde, glaubt mir, gäbe es einen Schatz, dann hätte ich ihn gefunden. Und hätte ich ihn gefunden, dann würde ich ihn euch mit Freuden geben. Niemand hätte ihn mehr verdient. Aber leider habe ich keinen Haufen Gold oder Edelsteine."

Nero und Siena sahen einander an. „Ist eh nicht so wichtig", sagten sie gleichzeitig.

„Doch halt", schmunzelte Asterion. „Ja, ich habe einen Schatz für euch. Durch euch bin ich frei und deswegen sollt ihr ihn haben." Bei diesen letzten Worten zog er das Mosaik aus seinem großen Rucksack hervor. Es war in eine weiße Leinwand eingewickelt und Siena und Nero nahmen es vorsichtig in Empfang.

„Wir danken dir sehr, mein Freund, dieses Mosaik wird uns immer an unser gemeinsames Abenteuer erinnern. Aber jetzt müssen wir uns beeilen. Wir haben eine große Reise vor uns", sagte Siena und wackelte ungeduldig mit ihren Pinselohren. Mit ein bisschen Wasser, das von Nero gebracht wurde, mischte sie die Farben aus ihrem Gürtel an und schon ging es los. Die Kleckse spritzten nur so in den trockenen Sand, als das Pinselohrschwein auf die weiße Wand des Labyrinthes eine Insel malte. Schon zuckte der helle Blitz durch das Labyrinth des Minotaurus!

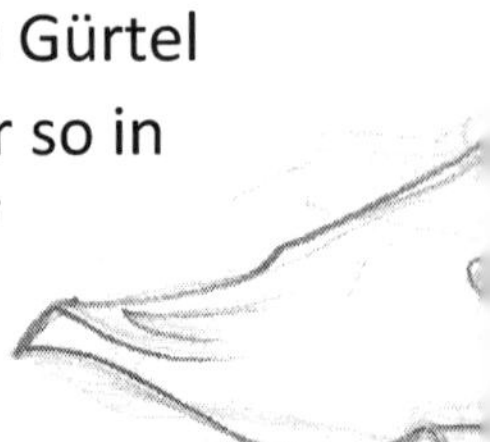

Da standen die drei Freunde nun und blickten in den

Sonnenuntergang. Dunkelrot berührte die Sonne gerade das Meer und das Wasser ließ die Strahlen wellig zurück ans Ufer schwimmen. Ein sanftes Rauschen begleitete das Licht, das Asterion in der Freiheit willkommen hieß. Lange standen sie dort und sagten kein Wort. Dann legte Asterion seine starken Arme um Siena und Nero flatterte

auf seinen Unterarm. Sanft drückte der Riese seine neuen Freunde: „Niemals vergesse ich, was ihr für mich getan habt. Niemals!“
„Wir werden dich auch nie vergessen, mein Freund!“, sagte Siena. Da mussten sie alle lachen, laut und ausgelassen. Und niemand störte sich daran, niemand hatte Angst und fürchtete sich, denn sie waren allein. Niemand konnte sie in ihrer Freude stören!
„Ach, das ist auch besser so“, gluckste Nero und wischte sich die Lachtränen aus dem Gesicht. „Sonst wäre ich ja noch zentrummental geworden!“
„Sentimental, Nero, es heißt sentimental“, gluckste Siena.

Als die Sonne dann ganz verschwunden war, wussten sie, dass die Zeit des Abschieds gekommen war. Ein Stück der Leinwand, in die das Mosaik eingeschlagen war, diente Siena als Malgrund, und nachdem sich die drei Freunde lange, lange verabschiedet hatten, zuckte ein Blitz über eine wunderschöne Insel im mittleren Mittelmeer – diesmal etwas weiter rechts – und Asterion begann sein neues, freies Leben. Und im Herzen würde er eine Freundschaft behalten, welche die schönste in seinem Leben war.

IX. Frühstücksfreuden und ein Schatz

Gedankenverloren blickte Herr Zinnober durch das Bullauge in der Küche der *Ma Colombe* in den weiten Dschungel. An den Küchentisch gelehnt, wanderte sein Blick immer wieder zur Sanduhr. Nur noch eine Fingerspitze Sand war übrig.

„Siena scheint wieder einmal ein spannendes Abenteuer zu erleben!“, murmelte der Maler, als ein strahlendes Licht das Schiff erhellte. „Endlich!“, rief er mit einem breiten Lachen im Gesicht. Er machte einen Satz, lief aus der Küche und rannte Richtung Sienas Zimmer. Dort angekommen erkannte er im hellen Schein des Lichtes seine Freundin, die etwas Großes zu tragen schien, und Nero, der aufgeregt durch das Zimmer flatterte.

„Siena! Nero! Freue ich mich, euch ...“, rief Herr Zinnober.

„Herr Zinnober!“, rief Siena. „Ich sag’s dir, also der ...“

„Minimausus!“, rief Nero. „Und der Krix...kraxylos, also der und der Ikarus!“

„... und der Erfinder ...“

„... Daidalos und sein Labyrinth ...!“

„Haaaalt!“, unterbrach Herr Zinnober seine Freunde. „Ich bin ja auch gespannt wie ein Pfitschipfeil auf eure Erzählungen, aber ein bisschen Zeit muss schon sein. Willkommen zu Hause, ihr Lieben!“, sagte der Maler. „Ich denke, euer Abenteuer hat euch hungrig gemacht.“ Nickend sahen Siena und Nero einander an. „Ich war gerade in der Küche, um mir eine Frittata zu machen.“

„Eine Frittata ... ein Omelett nach Mama Zinnobers Originalrezept? Mit frischen Papayastückchen?“, erkundigte sich das Pinselohrschwein.
„Und mit einem Schuss frischer Kokosmilch?“, wollte Nero wissen.
„Mit einem extra Schuss frischer Kokosmilch“, antwortete Herr Zinnober.
„Dann, dann halt ich ganz schnell die Pappulatur!“, sagte Nero mit zusammengekniffenen Lippen und folgte Siena und Herrn Zinnober schweigend in die Küche.

Wenige Augenblicke später servierte Herr Zinnober seinen beiden Freunden das großartige Lieblings-Frühstücksgericht seiner Mutter.
„Wirklich delikat“, murmelte Nero, der den ersten Bissen kaute.
Siena grunzte zufrieden: „Einfach immer wieder gut!“
Herr Zinnober aber lächelte nur glücklich und lauschte aufgeregt den Geschichten der beiden Abenteurer. Dann aber wurde seine Neugierde zu groß und er unterbrach die Erzählungen. „Und was habt ihr da mitgebracht?“
„Nun“, begann Siena mit ihrer Erklärung, „als Dankeschön für unsere Hilfe bekamen wir ein Geschenk von Asterion.“
„Der Minotaurus hat uns ein echtes *Stein-lege-Dingsbums* geschenkt, dessen Name mir jetzt völlig entfallen ist ...“, ergänzte Nero mit verlegenem Grinsen.
Siena strahlte über das ganze Gesicht und wickelte das Geschenk aus der Leinwand.

„Ein Mosaik!", rief Herr Zinnober voller Entzücken.
„Ein echtes Mosaik aus dem Labyrinth des Minotaurus", erklärte das Pinselohrschwein.
„Das ist ... das ist", stammelte der Maler, „das ist großartig! Einzigartig! Ein Mosaik des Ur-Labyrinthes! Ihr wisst, was das bedeutet?"
Fragend sahen Siena und Nero ihren Freund an.
„Das ist, so die Legende, der Schlüssel zu jedem nur denkbaren Labyrinth. Unbezahlbar!", erklärte Herr Zinnober außer sich vor Freude.
„So viel zum Thema *Schatz*", meinte Siena mit einem Augenzwinkern.

Und während Herr Zinnober das Mosaik bis ins kleinste Detail begutachtete, erzählten die beiden Freunde weiter von ihrem Abenteuer. Davon, dass es klug sei, sich selbst ein Bild zu machen und nicht nur auf das Gerede anderer zu hören. Und auch davon, dass man manchmal unverhofft die großartigsten Freunde kennenlernt.
„Freunde“, wisperte Siena mit Blick auf den klaren blauen Himmel über dem Milimandscharo.
„... sind das Besteste, was es gibt!“, ergänzte Nero, als ein kräftiges Poltern die Türe zur *Ma Colombe* erzittern ließ.
„Argento!“, riefen alle drei wie aus einem Mund.

Aber von dieser Freundschaft erzählt eine andere Geschichte hier im südnordwestlichen Mittel-Zentralafrika ...

Jetzt ist auch Nero so richtig platt! Du hast das erste Abenteuer von Siena gelesen. Wir hoffen, du hattest Spaß dabei und Lust auf mehr ...

Darum findest du auf den nächsten Seiten spannende Fragen und Spiele rund um die gelesenen Seiten!

Wir wünschen dir beim Rätseln und Lösen viel Freude. Die Lösungen kann deine Mama oder dein Papa auf **www.pinselohr.at** herunterladen. Und für ganz fleißige Abenteurer gibt es dort noch eine **weitere Überraschung!**

„Viel Spaß, ihr Abenteurer!“, wünschen Markus, Michael und Christina.

Fragen zur Geschichte

Auf den linken Buchseiten findest du Fragen aus dem ersten Abenteuer. Viel Spaß beim Lösen!

1) Nach welchem Fabelwesen sucht Herr Zinnober in seiner Bibliothek?
   - O Minuskaurus
   - O Hydra
   - O Minotaurus

2) Wo liegt Siena am liebsten?
   - O Couch
   - O Hängematte
   - O Bett

4) Was ist Sienas Lieblingsspeise?
   - O gebratene Brotbaumfrucht
   - O Spaghetti
   - O Pizza

5) Siena ist ein …?
   - O Erdferkel
   - O Spanferkel
   - O Pinselohrschwein

In diesem Buchstaben-Wirrwarr verstecken sich zehn Wörter aus der Geschichte. Viel Erfolg beim Finden!

A	C	T	D	G	P	A	E	J	U	H	M	A	C	K	L	A	J	M	W
F	H	E	O	C	A	D	G	L	F	A	G	J	A	P	E	B	A	T	J
N	B	L	K	M	B	S	I	E	N	A	H	A	F	G	I	A	E	D	G
G	A	M	U	F	H	R	K	L	J	A	Q	U	H	M	N	C	N	A	E
J	A	A	G	C	I	A	G	A	E	C	I	A	D	H	B	G	E	L	H
A	F	N	M	I	N	O	T	A	U	R	U	S	A	F	S	K	R	O	A
Q	B	G	A	D	T	E	X	R	A	V	G	F	B	J	H	A	O	M	F
F	A	O	W	J	H	A	E	A	I	R	A	C	O	A	R	N	P	Q	A
D	U	K	H	F	A	G	Z	I	N	N	O	B	E	R	L	E	J	W	R
T	S	O	S	D	I	A	B	Q	D	S	P	F	A	J	K	U	E	G	A
I	A	M	A	V	L	A	B	Y	R	I	N	T	H	G	B	A	A	Q	N
S	I	P	H	A	U	D	A	C	A	J	H	R	B	F	I	M	S	M	P
M	Z	O	A	R	C	M	A	L	E	R	E	I	G	E	N	K	A	O	K
A	T	T	E	B	M	G	C	A	D	A	M	P	J	X	I	H	O	S	D
J	L	T	S	K	A	F	A	G	N	Y	U	F	H	C	K	T	F	A	I
A	E	N	D	J	Z	U	L	D	S	C	H	A	T	Z	G	S	X	I	J
R	P	H	E	R	F	I	N	D	E	R	F	Q	I	U	A	C	B	K	V
E	A	F	X	D	B	A	N	G	A	E	R	P	S	M	H	A	O	G	Q

SIENA, MINOTAURUS, NERO, ZINNOBER, LABYRINTH, MANGOKOMPOTT, SCHATZ, MOSAIK, MALEREI, ERFINDER

Weiter geht's ...
Viel Spaß beim Lösen!

1) Was ist die offizielle Längeneinheit im südnordwestlichen Mittel-Zentral-Afrika?
   - O Millimeter
   - O Federlänge
   - O Bananenlänge
   - O Ohrenlänge

2) Was trägt Nero auf seinem Kopf?
   - O Sonnenbrille
   - O Walnuss
   - O Kopftuch

3) Wie heißt der Erbauer des Labyrinths?
   - O Minos
   - O Ikarus
   - O Daidalos
   - O Krixkraxylos

4) Wie sieht der Minotaurus aus?
   - O Riese mit einem Auge
   - O halb Stier/ halb Mann
   - O halb Pferd/ halb Frau

5) Wohin geht die Reise der beiden Freunde?
   - O Kreta
   - O Sardinien
   - O Korfu
   - O Kephalos

Schreib einfach das richtige Wort an die richtige Stelle:

Brüllen, Freund, Sonne, schreckte, Abenteurer, Schritte, Idee, aufgewacht, Sekunden, zitternd

3723 .... und 66 klappernde Zähne

Ein lautes .... ließ den Boden und die Wände des Labyrinthes erzittern. Siena .... aus dem Schlaf auf und rief verängstigt nach ihrem ....

„Nero! Was ist das?!“

„Der Minimausus! Er scheint .... zu sein. Und so wie es klingt, hat er ganz, ganz üble Laune!“ Hier im Irrgarten klang das Brüllen noch viel mächtiger. Nero klammerte sich .... an seine Freundin. Nach etlichen ...., die den beiden wie eine halbe Ewigkeit vorkamen, verstummte das Brüllen. Die .... war noch nicht richtig aufgegangen, es war mucksmäuschenstill. Nur der aufgeregte Atem der beiden .... war zu hören.

„Du...u Siena...a“, durchbrach Nero die Stille. „Denkst du noch immer, dass diese Sache so eine gute ....war?“

Schon so weit? Du machst das richtig gut!

1) Wie kann man die Sanduhr noch nennen?
   - O Tachometer
   - O Chronograph
   - O Stundenglas

2) Was bedeutet Philosophie?
   - O weiser Mann
   - O Wissenschaft der Wahrheit
   - O Liebe zur Weisheit

3) Wie ist Poseidon mit Zeus verwandt?
   - O Bruder
   - O Onkel
   - O Neffe
   - O gar nicht

4) Athene ist die Göttin ...
   - O der Weisheit und der Musik
   - O der Familie und der Schönheit
   - O der Weisheit und des Kampfes

5) Wie hieß der König, der das Labyrinth in Auftrag gab?
   - O Plus
   - O Odysseus
   - O Daidalos
   - O Minos

Hilf Siena und Nero durch das Labyrinth zu ihrem neuen Freund Mino..., pardon, Asterion!

Fragen zur Geschichte

Halbzeit! Und so viele Zahlen … Nur weiter so!

1) Wie heißt der Sohn von Daidalos?
   - O Minos
   - O Ikarus
   - O Krixkraxylos

2) Seit wie vielen Jahren besteht das Labyrinth?
   - O 3
   - O 9
   - O 15

3) Wie viele Kinder sollen dem Minotaurus geopfert werden?
   - O 7
   - O 14
   - O 21

4) Wie viele Schritte lief Siena im Labyrinth?
   - O 1.571
   - O 2.834
   - O 3.723

Wörter, Wörter, nichts als Wörter! Doch immer zwei davon gehören zusammen. Verbinde sie mit einer Linie und dann schreibe unten das zusammengesetzte Hauptwort hin. Ist doch ein Klacks!

Zebra	Strahl
Mango	Stall
Sau	Wand
Sonnen	Streifen
Lein	Spiel
Flug	Nuss
Kinder	Glas
Sand	Kompott
Stunden	Uhr
Kokos	Gerät

....

....

....

....

....

Wirklich clever!
Aber jetzt wird's noch mal richtig kniffelig!

1) Wo scheint der Minotaurus hinein zu beißen?
   - O Rübe
   - O Kopf
   - O Gurke

2) Welchen richtigen Namen hat der Minotaurus?
   - O Neolon
   - O Asterion
   - O Orion

3) Wie oft brüllt die Brüllmaschine in der Nacht?
   - O 12 mal
   - O 14 mal
   - O 0 mal

4) Der Plan des Labyrinths an der Wand ist dargestellt durch...?
   - O Mokassins
   - O ein Mosaik
   - O ein Moskito

Sapperlott! Vor Schreck sind Siena und ihr Freund Nero ganz blass geworden! Magst du ihnen wieder etwas Farbe geben?

Auf zum großen Finale ...
Das hast du fantastisch gemacht!

1) „Zentrummental“ sagt Nero – welches Wort meint er wirklich?
   O sentimental
   O instrumental
   O horizontal

2) Von wem stammt das Rezept zur Frittata?
   O Mama Siena
   O Mama Nero
   O Mama Zinnober

3) Wer klopft an die Tür?
   O Aurum
   O Argento
   O Argon

Verbinde die Punkte in der richtigen Reihenfolge und triff einen alten Bekannten!

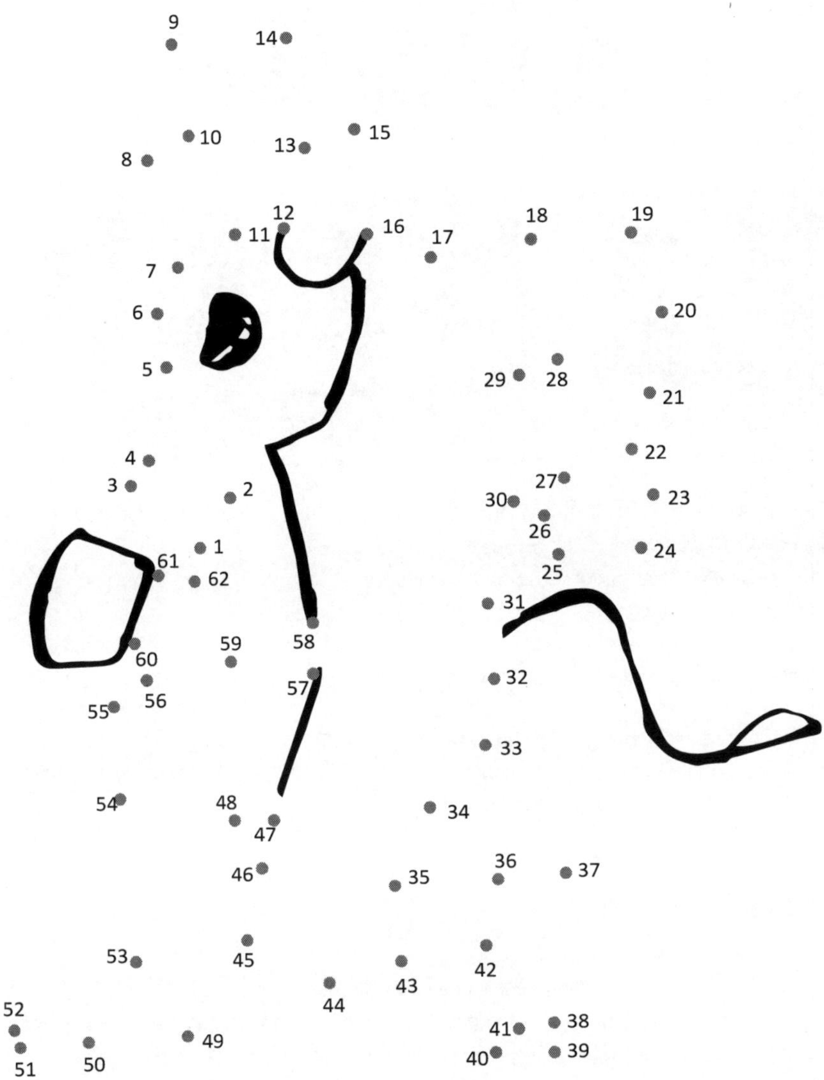

Markus Niederschick
wurde 1972 in Wels geboren. Wie Christina studierte er an der Kunstuniversität Linz. Heute lebt er mit seiner Familie mitten im Wienerwald. Wenn er nicht gerade Geschichten schreibt oder Pilze sammelt, dann arbeitet er als Grafiker.

Michael Schefts
wurde 1973 in Wien geboren. Dort wurde er als Schauspieler und Regisseur ausgebildet. Michael ist nicht umgezogen und lebt mit seiner Familie in Wien. Wenn er seine Geschichten nicht im Theater spielt, dann schreibt er an Büchern wie diesem.

Christina Denham
wurde 1972 in Linz geboren und konnte schon in der Grundschule besonders gut zeichnen. Nach dem Studium zog es sie nach London. Dort lebt sie mit Ihrer Familie und zeichnet, zeichnet, zeichnet ...

Du möchtest Siena und ihre Freunde live erleben?
Machen wir! Gerne kommen wir in deine Schule, deinen Ort, deinen Kulturverein oder zu deinem Buchhändler und lesen aus den Abenteuern des Pinselohrschweines ...

Nähere Informationen unter www.pinselohr.at